キリンノツバサ

麒麟之翼

〔日〕东野圭吾 著
田秀娟 译

新经典文化股份有限公司
www.readinglife.com
出 品

麒麟之翼

1

那名男子从日本桥派出所旁经过时,将近晚上九点。在那之前,一名巡查①刚刚从派出所走出来,他环视了一下周围,恰好看到男子的背影。

见男子脚步踉跄,巡查心里嘀咕道:天色还这么早,这家伙怎么醉成这样了。从背影看不出那人的年龄,不过从发型看,估计是个五十多岁的人,中等身材,衣着整洁,一身深褐色的西装从远处也能看出做工考究。巡查觉得没有必要过去看个究竟。

男子步履维艰地向日本桥走去。日本桥是日本的重要文物,建于明治②四十四年。男子走上桥,像是要去日本桥三越商场。

巡查的视线离开男子,转向四周。这是个复杂的路口,各路干线纵横交错。这个时间行人已见稀少,但过往车辆依旧川流不

---

① 日本警察的警衔由上向下分为警视总监、警视监、警视长、警视正、警视、警部、警部补、巡查部长、巡查。
② 明治元年为1868年。

息。虽然经济不景气,不,正是因为经济不景气,人们更得拼命工作。入夜后,各种货车、商务车仍然络绎不绝。和经济景气的时候相比,唯一的变化不过是车里的商品便宜了,订单金额也小了。对那些辛苦打拼的商人来说,日本桥正是他们奔向全日本的起点。

一个十来人的旅行团正走过日本桥,看上去像是一群中国游客,他们抬头看着上方的高速公路往前走。他们在说什么呢?巡查想。他们肯定在问,为什么这么美丽的桥上会有大煞风景的高速公路呢?导游肯定会告诉他们,这是当年为举办东京奥运会而修的高速公路,因为征不到土地,只好修成现在这个样子。不知道来自幅员辽阔的中国的他们,心中会作何感想。

巡查的目光继续向旁边移去。突然,他的视线再次停留在刚才那名男子身上。日本桥的中部有一根雕刻着两尊麒麟像的装饰立柱。现在,那名男子正靠在柱子的底座上。

巡查盯着男子看了一会儿,只见男子静静地靠在那里,一动不动。

"真够呛,这个时间竟然在那儿睡着了。"巡查咂了咂嘴,大步向日本桥上走去。过桥时,他像从高速公路下面穿过去一般。

桥上不时有行人经过,但没有人注意到那名男子。在东京,路边常有或躺或坐的流浪汉和醉汉,人们早已见怪不怪。

巡查走近男子。两尊酷似西方龙的麒麟像俯视着下面的一切。男子弓着身体,像是在向麒麟像祈祷着什么。

"喂,你没事吧?"巡查拍了拍男子的肩膀。男子没有任何反应。

"睡着了？喂，你快醒醒！"巡查用力摇了摇男子的身体。

男子的身体向下滑去，巡查赶紧扶住了他，心想，这人怎么回事，完全烂醉如泥了嘛，真是的！可是，巡查突然察觉到不对劲：男子身上丝毫闻不到酒味，肯定不是喝醉了，难道是犯病了？不对——

巡查的目光停在男子的胸膛上。那里插着什么东西，男子的衬衫已经被染成黑红色。

出事了！得赶快和局里联系！一直用的对讲机放在哪儿了？

巡查一下子慌了神。

2

手机的液晶屏上显示的是下个月的日历。为了让对方也能看清，手机被横着放在了桌上。

"忌日是下个月第三个周三。那之前的周六或者周日怎么样？那段时间我也有空。"登纪子指着手机屏幕问。

登纪子没有听到回答，抬头一看，对方根本没看手机，反而正盯着她的正后方。

"加贺先生！"登纪子叫了他一声。

"嘘——"加贺轻轻做了个手势，示意登纪子不要说话。他的视线一动不动，深邃的眼睛闪动着犀利的目光。

登纪子轻轻回过头去，看到和他们隔两个座位坐着一位戴眼镜的老人，正在摆弄手机。老人戴的好像是老花镜。

加贺恭一郎站起身来，大步向老人走去。只见他叫了老人一声，随后小声说了几句，又回到登纪子这边。

"怎么了？"

"没什么。"加贺轻轻喝了口咖啡,"只不过刚才我看到那位老人向服务员借了支笔。"

"那又怎么了?"

"当时老人正在用手机通话。通话期间,他借了支笔,在纸巾上记了些什么,挂断电话后,一边看记录一边操作手机。所以,我想没准是那回事。"

"那回事?什么意思?"

"可能是老人的熟人打电话来说换电话号码了。刚才我过去一问,果然是这样。老人说是上大学的孙子打来的,说是换电话号码了。我建议他更改手机通信录的信息前,最好先拨他孙子以前的号码确认一下。"

"你是说可能是……"

"没错。"加贺点了点头,"我怀疑可能是电信诈骗。这种手法很常见。先想办法让对方更改手机的通信录,过几天再给对方打电话。再打来的时候,手机显示的正是他孙子的名字,所以根本不会想到是其他人打来的。"

那位老人慌慌张张地走过来。"太险了!你说得一点没错。我按以前的号码打过去,正是我孙子接的电话。他说根本没丢手机,号码也没换,而且声音和刚才那人完全不同。真是太险了!"

"没事就好。您可以把刚才的来电号码用'电信诈骗'的名字存在手机里。下次这个号码再给您打电话的时候,千万不要接,最好马上报警。"

"好的,好的。多亏你了。谢谢,谢谢!"老人连连点头致谢后，向收银台走去。

加贺微笑着端起咖啡杯，目光比刚才柔和了许多。

"你对犯罪的气息可真够敏感的。"登纪子抿嘴说道。

"像狗一样，是吧？"

"我可没这么说。不过，总是这样目光炯炯地注视着周围，也真够受的。"

"职业病嘛，可惜没有特效药。"加贺放下咖啡杯，看向桌上的手机，"对不起，请继续说吧。"

登纪子把刚才的日程情况重复了一遍，加贺立刻面露难色。"下个月我很忙。其他时间行吗？"

"那要不再提前一周？到时候我想办法抽时间……"

"不，我不是那个意思。"加贺说，"从这个月到下个月，局里边各种事情很多。我是想说，能不能改到再下个月的中旬？"

登纪子吃惊地瞪着加贺那轮廓分明的脸庞。"不行！哪能在忌日之后做法事啊！"

"可是，我真的抽不出时间。我们局辖区大，又缺人手，工作总是堆积如山。"

"那你求求上面的人，把你调回练马警察局不行吗？"

"那儿啊，"加贺挠了挠眉毛，"也是忙得很。"

登纪子叹了口气，说："我知道你工作忙，也理解你常有紧急任务。可是再下个月不也一样吗？我看你就是想拖着不办。"

"不，绝对不是的。"

"我看就是。听我的没错，请按我说的办吧。下个月第二个周六举行你父亲的两周年忌，上午十一点开始，没问题吧？好了,快点说'拜托你了'。"

但是,加贺没有点头。他皱着眉头,好像在沉思。

"加贺先生!"登纪子敲了敲桌子。

"这么凶啊。"加贺一下子挺直了身体。

"请你快点表个态。这样安排可以吧?"

就在加贺苦着脸想点头同意的时候,上衣内侧响起了手机的振动声。

"不好意思。"加贺掏出手机,离开了座位。

登纪子忍住没有叹气,伸手端起茶杯,顺便看了一下时间。已经晚上九点多了。结束医院的工作后,她到常去的快餐店吃了晚饭,然后特意来到银座的这家咖啡厅,因为在日本桥警察局工作的加贺说,不到这个点他抽不开身。

加贺回来了,神色看上去有些凝重。登纪子感觉他可能遇到了棘手的事情。

"抱歉,突然来了工作。"加贺面带歉意地说。

"现在?这可是违反《劳动法》的哦。"

当然,这不过是一句玩笑话,但加贺没有笑。"是紧急任务。附近发生了案件,我必须立刻过去。"

看到加贺严肃的眼神,登纪子打消了打趣他的念头。"那,这个怎么办?"她指着还显示着日历的手机屏幕。

加贺略一迟疑,马上点头说:"就按你刚才说的日程办吧,拜托你了。不过……"加贺看了一眼登纪子,舔了舔嘴唇,继续道:"那天我不一定能去。"

登纪子扬起下巴,抬眼盯着加贺说:"我希望你答应我,那天你一定来。"但看到加贺为难的表情,她的态度又软了下来,"真拿你没办法。你父亲在天国肯定也会赞成你优先工作吧。"

"嗯,我会努力的。"加贺有些不好意思地挠了挠头。

两人走出咖啡厅。加贺抬手拦住一辆出租车,让登纪子先上车。登纪子却摇了摇头,说:"我乘电车回去。你快上车吧。"

"那我就不客气了。你路上小心。"

"你别太辛苦了!"

加贺点了点头,微笑着上了出租车,但当他转过头告诉司机目的地时,立刻恢复了警察严肃的神色。出租车从登纪子面前开过时,加贺又冲她笑了笑,但和刚才的笑容不同,这张笑脸看上去有些生硬。

看着出租车渐渐驶远,登纪子的思绪回到两年前。当时,加贺的父亲——加贺隆正去世那天,登纪子作为值班护士一直守在他的身边。

那天,当身为独子的加贺来到父亲身边时,隆正已经停止了呼吸。陪隆正走完最后一程的是隆正的妹妹和外甥。而且,加贺并不是没赶上父亲的临终时刻,而是故意避开了。不只是临终时刻,平时他也很少来医院探望父亲。从旁观者的角度来看,这个儿子太无情了。加贺的表弟松宫就对他很有意见。

但是,登纪子心里明白,加贺绝不是一个无情的人。看着病危的父亲,在内心深处他比谁都难过。他只希望,父亲能如愿走完人生的最后一程。不过,加贺有自己的信念,所以没有把这些表露出来。登纪子是从加贺不时给她发来的邮件中,感受到他对父亲的一片深情的。

葬礼在隆正去世三天后举行，登纪子也去了。来吊唁的大多是警界的人。看到人们向遗像投去崇敬的目光，登纪子深深感受到隆正生前是一位备受尊敬的警察。

那天，加贺是一个合格的葬礼负责人。吊唁的人上香时，他和表弟在一边静静地注视着。当登纪子从他面前走过时，他嗫嚅着说了一句"谢谢"。

那之后一段时间他们没有见面，只是互通邮件。邮件往来也不过是问候季节变化或者聊聊近况而已。隆正去世一周年时，登纪子给加贺发邮件问一周年忌的情况。

加贺很快回了邮件，大意是因为没有时间，没有举行一周年忌。从邮件的语气来看，估计一周年忌那天连扫墓都没有去。

登纪子又给加贺发了封邮件，约他一起去扫墓，并且列了几个候选时间。

读完加贺的回信，登纪子好像看到了他为难的神色，但那总算是一封表示同意的邮件。于是，登纪子立刻定好时间，给加贺发了过去。

她看上去很像一个多管闲事的护士吧？说实在的，连登纪子也不明白自己为什么这么关心加贺家的事情。职业病？登纪子护理过很多病人，有的病人她看护多年，结下了亲人般的感情。那些病人去世后，登纪子都竭力不让自己过度悲伤。可是对于加贺父子俩，她始终不能释怀，总觉得应该再做点什么。

到了约好的那天，两人一起去给隆正扫墓。当登纪子得知这是下葬以来加贺第一次来扫墓、甚至还不如他表弟来得勤的时候，她还是愣住了。

"我想父亲肯定也不希望我来打扰他吧。总算可以安静长眠，就让我清净会儿吧——父亲肯定是这样想的。"加贺盯着墓碑，冷冷地说道。

看着加贺的侧脸，登纪子感到一种使不上劲的急躁。她有很多话想对加贺说，现在却全然不知该说什么，只感到阵阵着急。

后来，他们仍然只有邮件往来。登纪子在邮件的最后总会问加贺有没有去扫墓。加贺虽然会及时回邮件，但对于扫墓的事情却避而不答。

现在，隆正的忌日又临近了。登纪子发邮件问加贺两周年忌准备怎么办。不出登纪子所料，加贺回信说还没开始考虑。

登纪子又回信说：如果你很忙，我可以帮忙，两周年忌还是举办为好。她甚至用有些强硬的语气提到，给大家提供思念故人的机会是逝者家属应尽的义务。

两天前，加贺给她打来电话，说姑姑和表弟也一直催他，所以他决定还是举办两周年忌。他问登纪子是否真的可以帮忙。

"当然。"登纪子爽快地答应下来。她感觉时隔两年，一度停滞的事情终于又有了进展。

3

松宫脩平赶到现场的时候，日本桥已经在进行交通管制，车辆只能单侧通行。被封锁的路上停着几辆警车，连接中央路和昭和路的单行线禁止通行。在路口中央，身穿制服的警察正在维持交通秩序。马路对面能看到电视台工作人员的身影。

路上并没有看热闹的人。被害人早已被送往医院，路面也没有明显的案发痕迹，所以过往行人没有驻足围观。刚刚得知案发地点的时候，松宫还犯怵，以为要拨开重重人群才能挤进现场，现在反而觉得这么轻松就来到现场有些没劲。

松宫戴好手套和袖章，这时有人拍了拍他的右肩，是眼睛细长、下巴尖尖的主任小林。"辛苦了，主任。"

"松宫，真不走运啊。刚才正在约会吧？"小林面无表情地说道，竖起套着手套的小指。

"哪有的事。您怎么这么说？"

"晚上下班时我看你喜气洋洋的，明明是一副'没有任务，天助我也'的表情嘛。"

"值班的时候没有外勤任务,您不也很高兴嘛。可以好好享受家庭生活了。"

小林哼了一声。"你是没看见我接到通知准备外出时,我女儿那喜笑颜开的脸,分明在说'这下可以不用看老爸这张臭脸了',我老婆在旁边,表情也一模一样。我和你说,松宫,要是你将来结婚也生了个女儿,你可要记住,不是出嫁那一天,而是从上中学那天起,女儿就算是离开你了。"

"知道了。"松宫苦笑着回答。

两人向负责保护现场的警察打过招呼,进入写有"闲人免进"的区域。虽然被害人是在日本桥被发现的,但这里并没有鉴定科的人。通信指挥本部得到的第一条消息是,作案现场并不在日本桥,而是在别处。

松宫是搜查一科的刑警,他是在家里休息时接到通知的。看来,很多刑警比他更早接到紧急出动的通知。毕竟,在大都市的市中心竟然有人遇刺,而且凶手还没有落网,管辖这片的日本桥警察局自不必说,附近所有警察局也都发布了紧急警戒通知。现在,所有和日本桥相连的干道都设了关卡进行盘查。

松宫和小林向日本桥旁边的派出所看去,听说是在那儿值班的巡查安田发现了被害人。出来迎接警视厅搜查一科刑警的正是安田。他看上去三十多岁,表情和动作有些僵硬,敬礼的手微微颤抖着。

"我们组长马上就到,一会儿请你向他报告详细情况。现在先给我们讲讲大体情况吧。"话虽这么说,小林还是向安田仔细询问了每一个问题。松宫在一旁做记录。

听了安田的说明，松宫觉得非常奇怪。被害人胸口插着凶器、挣扎着向前走，这倒是可以理解，可能是为了逃离凶手，也可能是为了求救，有各种可能性。但是，他为什么没有在派出所前停下呢？

小林也抱有同样的疑问，向安田提出了这个问题。安田歪着脑袋不解地说："我也不明白。被害人经过时完全没往派出所的方向看。所以，我想他肯定是喝醉了，才走得那么东倒西歪的。"

如果被害人是从后面走来，站在派出所前面的安田确实只能看到他的背影，完全没有察觉到被害人的异状也在情理之中。

"也许是因为出血过多，被害人神志不清，根本就没看到派出所吧。"小林轻声嘟囔了一句。

很快，组长石垣和其他成员也来了。在听安田的报告前，石垣先把下属召集到一起，宣布了一个消息：被害人已经不治身亡。

"也就是说这是一起杀人案。理事官①和管理官②正赶往日本桥警察局。如果紧急警戒抓不到凶手，肯定要成立特别搜查本部。大家就按这个计划准备！"

接下来，大家一起听安田的报告。这时，辖区警察局的刑事科组长藤江过来打招呼。藤江四十多岁，身形消瘦。他告诉大家发现了疑似案发现场。"就在前面一个街区，请跟我来。"

藤江说着，走到已经禁止通行的车道上，松宫在石垣等人后面跟着。左侧的人行道上，每隔一段距离就有鉴定人员在忙碌。

---

① 理事官：警视厅下属各科内的二号人物，位列科长之后。有立案、后方指挥、决定是否与检察机关共同侦查等权力。
② 管理官：警视厅下属各科内的三号人物，位列科长和理事官之后。搜查一科的管理官在重大案件发生时负责在管辖案发地的警察局设立搜查本部，现场指挥。

"在人行道上发现了若干处血迹,但量并不多。被害人应该是边滴血边向前走的。"藤江说道。

人行道旁边是一家著名证券公司的大楼。即使在夜色中,也能感受到大楼外观散发出的厚重历史感。被害人身上插着凶器从这条路上走过时,到底在想什么呢?

"这条路上行人很少吗?"

听到石垣的问题,藤江点了点头,说:"白天还好,晚上确实没什么人,因为这条路上只有这家证券公司。"

"所以没有人发现身负重伤的被害人,也在情理之中。"

"确实如此。"

"被害人的身份已经确认了吧?和家属联系上了吗?"

"已经联系上了,家属现在应该在赶往医院的路上。"

藤江带他们来到首都高速江户桥入口前。人行道从这里通往地下,但现在拉上了警戒线,禁止无关人员通行。鉴定人员正手持各种工具在那里忙碌着。"各位可能知道,穿过这条地下通道,就是江户桥。"藤江指着横跨在日本桥河上的江户桥,"地下通道很短,只有十米左右。在地下通道中央发现了血迹,再往前就没有了。"

"也就是说,作案现场在地下通道里面?"

面对石垣的提问,藤江回答道:"我想是这样。"

为了避免人多妨碍鉴定工作,他们决定轮流进入现场。松宫套上鞋套,和小林一起走进地下通道。通道中已经拉起警戒线,隔出了可以通行的区域。松宫他们沿着警戒线,小心翼翼地向里面走去。

地下通道大约只有三米宽,比他们想象的要窄。通道不太高,估计个子高的人跳起来就能摸到天花板。通道纵长约十米,中部位置的地面上有长约五厘米的黑色血迹，量并不多。

其他地方再没有明显的痕迹。松宫他们继续向前走。石垣等人在地下通道的另一侧出口等他们，那里紧挨着江户桥上的人行道。

藤江看着手中的笔记本。"各位可能已经知道，日本桥派出所的巡查安田通报时是晚上九点整。四分钟后，这附近实行了紧急警戒。但到现在为止，还没有收到任何目击到嫌疑人的消息。"

石垣点了点头，望向四周，自言自语般问了一句："这座桥来往行人多吗？"

"晚上九点的时候，行人并不多。那条地下通道的行人也很少。大家看，这附近的过往车辆非常多。"如藤江所言，纵贯江户桥的昭和路上，出租车、货车川流不息。

"被害人遇刺之后，是自己挣扎着走到日本桥的。那需要多长时间……你认为呢？"石垣问松宫。

"正常人应该需要三四分钟。不过，考虑到被害人胸部被刺，估计需要双倍的时间吧。"松宫想象着当时的情景，慎重地回答道。

"嗯。就算需要十分钟左右吧……有这么长的时间，逃跑方式就有很多种了。"

"已经和出租车公司联系过了。"藤江说，"目前得到的信息是，在那个时间段，没有任何疑似凶手的人搭乘出租车。"

"如果不是乘出租车逃走，"小林指着河对面，小声说，"只要过了江户桥，凶手就算是逃掉了。"

松宫向对面看去。江户桥的另一头是一条横跨昭和路的人行横道，这个时间行人依旧很多。

确实，如果凶手混入了那里的人流，就难办了，松宫想。

4

马上就到医院了,坐在后排的史子突然开始在包里翻来翻去。窸窸窣窣的声音让副驾驶座上的悠人感到一阵阵焦躁。

"怎么了?"遥香问。

"我好像忘带了。"史子小声说。

"不会是钱包吧?"

"嗯。"

"唉。"遥香出声叹了口气。悠人也忍不住撇了撇嘴,说:"你怎么回事啊?"

"出门的时候太着急了。"

那也不能忘了钱包啊——悠人把这句话咽了回去。关键时候出状况,妈妈这也不是头一回了。

"忘带东西了?"司机听到他们的谈话,问道。

"是……"史子抱歉地回答。

"需要回去吗?"

"不用，我多少带了点。"悠人看了看计价器。从位于目黑的家打车到这里，车费不算太贵。为防万一，他也带了自己的钱包。他拿出钱包扫了一眼，说："应该够了。"

"那就好。"史子用微弱的声音说道。她现在根本顾不上钱包的事。当然，悠人也一样。

已经将近夜里十一点了，道路却很拥挤。路上的警车显得格外刺眼。

"出什么事了吧？"司机说。

"嗯……"他们没法装作视而不见，只好含糊地应了一句。

终于到医院了。他们在医院的正门下了车，但玻璃门里面一片漆黑，自动门纹丝不动。

"奇怪，该从哪儿进去？"史子急得团团转。

"妈，刚才的电话里有没有提到夜间出入口？"

听到遥香的话，史子惊得一捂嘴。"对了，警察确实说过。"

悠人又撇了撇嘴："怎么回事啊？你振作点。"

三人找到医院侧面的入口，走进楼里。这时，迎面走来一名打着手电筒的胖墩墩的男子，向他们问道："请问是青柳女士吗？"

"我是。"史子回答。

男子关了手电筒走过来，出示了一下证件，说："我正在等你们。"

这人是日本桥警察局的一名刑警。

"那个，我丈夫……"史子问，"我丈夫情况怎么样？"

刑警的脸上浮现出复杂的表情，似乎没想到他们竟然还什么都不知道。

这一刻，悠人明白了一切。

"非常……"刑警开口了，"非常不幸，您丈夫送到医院后很快就确认死亡了。请节哀顺变。"

刑警语气沉重，在悠人听来就像在讲别人的事情。他心中交织着各种情绪，既无法接受这个事实，又觉得"果然如此"。

身边的遥香双手捂住嘴，瞪大了眼睛，身体像冻住了一样。

"不可能！"史子喊道，"这不可能！为什么？怎么会这样？为什么要杀了我丈夫？"

史子叫喊着扑向刑警，悠人赶紧拉住她的胳膊。紧接着，史子腿一软，倒在地上放声大哭。旁边站着的遥香也开始号啕大哭。楼里回响着两人的哭声。

"我爸……我父亲的遗体在哪里？"悠人向刑警问道。

"在这边，请跟我来。"

"走吧，妈、遥香。在这儿哭有什么用？"悠人把史子扶了起来。看到自己和家人拖在地上的影子，悠人终于感到眼前发生的这一切是真的。

武明的遗容比想象中的要好看，那微黑的皮肤，是打高尔夫球晒的。除了已经停止呼吸，此刻的他看上去和熟睡时没什么区别，安详的表情甚至让人感觉不像是平时的武明。在悠人的记忆里，父亲即使在睡觉时，也是一副心事重重的样子。

"老公！"史子跪倒在地，摸着亡夫的脸，"为什么？为什么？"她不停地重复着这句话。遥香的脸埋在床沿边，后背微微颤抖着，传出一阵阵啜泣声。

可能是为了照顾他们的心情，刑警离开了病房。悠人站在父亲的遗体前，完全不知道应该怎么办。虽然他的大脑告诉他这是一个让人感到悲伤的时刻，可他心中却没有任何悲伤。看着哭个不停的母亲和妹妹，他甚至冷静地想：你们平时可没少在背后说老爸的坏话。

一阵敲门声响起，门开了。刚才的那名刑警探进头来。

"请问方便吗？如果可以，有些话想问你们一下。"

"行吗？"悠人低头向母亲看去。

史子点了点头，掏出手绢擦了擦眼泪，站了起来。

"可以。我也有很多事情想问。"

"我很理解。"刑警点了点头。

在病房的同一楼层，有一间标着"会谈室"的房间。悠人他们和刑警走了进去，面对面坐下。

"你们知道日本桥吧？不是地名，我指的是真正的桥。就是日本桥河上面的那座桥。"

"在三越商场旁边？"史子问。

"对。"刑警点了点头，"今天晚上九点左右，日本桥派出所的一名巡查发现，您丈夫在那座桥上被刺。"

"在那种地方被刺？"

"不，凶手行凶是在别的地方。青柳先生挣扎着走到了日本桥，当时他胸膛上还插着凶器。警察发现他后，立刻叫救护车把他送到了这家医院。当时负责护送您丈夫的警察在他身上的手机中看到了记录为'家'的电话号码，所以立刻往府上打了电话。"

史子接到的正是这个电话。那是一个多小时前的事情。

"那时我丈夫还活着,是吗?"

"也许是的。不过,可以确定,那时他的情况已经非常危险。详细情况得等解剖结果出来后才能向您解释。"

解剖!听到这个词,悠人又一次感到这是一起重大刑事案件,而自己的家人就是当事人。

"那我丈夫到底是被谁杀的?"史子问,"凶手抓住了吗?"

"还没有。凶手目前身份不明,还在逃。鉴于没找到您丈夫的钱包,所以有可能是一起路匪抢劫案件。现在,警方正在实行紧急警戒。不只是日本桥警察局,附近所有警察局的警察都出动了,正在全面搜捕凶手。警视厅的机动搜查队也出动了。你们来这儿的路上应该也看到巡逻车和警用摩托了吧。"

确实如此。悠人无言地点了点头。

"凶手应该不会跑很远,我想很快就会落网的。"

听到刑警这句充满信心的话,悠人忍不住想问一句"那又怎样",但他咽下了这句话。父亲已经死了,就算抓住了凶手,就算枪毙了凶手,死去的人也不能复生。从明天开始,全家人的苦难就要开始了,无论在物质上,还是在精神上。无尽的绝望向悠人袭来,他感到一阵眩晕。突然,一股怒火在他心中升起:是谁这么可恨,为什么要让我们遭受这样的痛苦?

刑警开始询问武明的出生日期、出生地、工作单位、履历等个人信息。接着,又开始问他的日常生活状态、朋友关系、有没有和谁结过仇、工作或者生活中有没有遇到麻烦,等等。可是,三人除了能清楚地回答武明的个人信息,其他问题没有一个答得上来。确实,武明在家里基本不提工作的事情,但不可否认的是，他们对武明的事情也毫不关心。

刑警为难地看着自己的笔记本。无论他们回答什么，刑警都认真地做笔记，可是直到现在，他的笔记本上没有任何有助于破案的信息。刑警肯定很恼火吧，心想"真是一群没用的遗属"，悠人想象着。

刑警怀里响起了手机的振动声。"失陪一下。"他走出了房间。

史子深深地叹了口气，摁着额头，像是要赶走头疼。"为什么？我们家怎么这么倒霉啊？"

"妈，你有什么头绪吗？"

"没有。我哪儿有什么头绪。唉……以后可怎么办？你爸公司会管我们吗？"

看来她是在担心钱的事情。丈夫刚刚过世，她就这样，也太过分了吧。可是，悠人也没资格指责别人，他内心深处何尝不是这么想呢？以后的生活会有什么变化？家里还能供自己上大学吗？

刑警回来了，神情有些紧张。"有一个重要消息。我们发现了可疑人物。"

悠人屏住了呼吸。

"是凶手吗？"史子问。

"目前还不清楚。据说是一名年轻男子。现在可以请你们去一趟日本桥警察局吗？有些事情想和你们谈。"

"是让我们见面吗？"史子反应过来，声音变得有些急切，"和刺杀我丈夫的凶手……"

刑警在面前摆了摆手。"不，只是想让你们确认一些东西。此外,现在还不能确认那人就是凶手。可以请你们去一趟警察局吧?"

史子看向悠人。想不出借口拒绝的悠人说:"去吧。"

大约三十分钟后,悠人他们乘警车来到日本桥警察局。虽然已是深夜,警察局附近仍聚集了几辆媒体的车。三人都担心会被媒体围追堵截,但下了警车也没有人追过来。看来消息还没有传到这里。

警察局的外观像一栋普通的写字楼,干净简洁。一走进去,氛围则为之一变。首先映入眼帘的是正中央长长的台阶,台阶扶手上精巧的雕刻让人备感历史沧桑。咨询台用的是古老的大理石,天花板上垂下的灯具一看就是有年头的。据刑警说,警察局改建的时候,大家都很留恋原来老式建筑的美感,所以保留了一部分。

三人被带到一间狭小的接待室。有人问他们想喝点什么,他们摇了摇头。几分钟后,一位女警察还是端来了日本茶。

史子轻轻喝了一口茶,低声自语道:"年轻男人……"

"你有什么头绪吗?"悠人问。

"没有。"史子无力地摇了摇头,"你爸公司里年轻人多得很……"

房间里一阵沉默。比起史子,悠人更不关心武明公司的事情,他只知道父亲在一家建筑材料制造公司工作,职位也不算低。其他的,他几乎一无所知。

沉默持续了将近一个小时,刚才那名刑警终于露面了。"让你们久等了,请跟我来。"

刑警把他们带到另一间会议室。会议室里,几名男子围站在一张大桌子旁,既有穿便服的,也有穿警服的。他们脸上冷峻的神色和室内紧张的气氛,让悠人感到腿一下子僵住了,他甚至不敢直视他们的眼睛。

刑警向大家介绍了悠人他们,大家沉默地点了点头。这就是警察向遗属表示哀悼的方式吧。

"请各位确认以下物品。"刑警好像要宣布什么似的,提高声音说了一句,随后向三人招了招手,示意他们到桌边去。

桌上摆着若干装着东西的塑料袋。悠人凝神细看,立刻明白了那些是什么。

"刚才已经说过,我们发现了一个可疑人物。"刑警说,"在他身上的钱包中发现了青柳先生的驾照。我们推测钱包是青柳先生的,于是收缴了钱包。另外,在可疑人物藏身的地方还发现一个公文包。这里是钱包、公文包,以及里面的东西。请从钱包开始确认。隔着塑料袋接触没有问题,可以拿起来确认。"

史子拿起钱包,旁边的悠人和遥香也看过去。这是一个细长的黑色皮革钱包,由于使用的年头太久,和拇指接触的地方有些磨损。

"是爸爸的。"遥香低声说。

确实,在饭店结账时,悠人看到过父亲从西服内侧口袋掏出这个钱包。那时父亲的动作非常轻快,他总是像变魔术一样迅速从钱包里掏出一张万元钞票。这样的情景突然浮现在悠人的脑海中,可是,一家人已经很久没有一起出去吃饭了。

"是我丈夫的钱包。"史子说。

刑警点了点头,指着别的塑料袋说:"请看看钱包里面的东西。如果有什么丢失的或者可疑的，请告诉我们。"

钱包里的现金、驾照、各种卡、医疗证、收据都被分别装到了塑料袋里。现金分为纸币和硬币，总共十一万四千八百五十元，旁边附着一张标明金额的纸条。

"怎么样？青柳先生钱包里的金额对吗？平时他会带更多的钱出门吗？"

面对刑警的提问，史子迟疑地回答道："我想差不多吧。钱的事情都是我丈夫自己管，所以我也说不上来……"

"那其他东西呢？有没有东西不见了？"

刑警又问了一句，但史子没有回答。她以前根本没看过丈夫钱包里面的东西。不用说，悠人也一样。虽然他认识父亲的钱包，可是从来不知道里面都装着什么。当然，他对此也不感兴趣。

不过，有一张卡引起了他的注意。那是一张网吧的会员卡。家里和公司都有电脑，父亲为什么会成为网吧的会员？可是，悠人没有说出自己的疑问。

"也就是说没有任何疑点，是吧？"刑警又确认了一遍，"那请看看公文包吧。"

史子拿起装着公文包的大塑料袋。这是一个深褐色的公文包，拉链外面还有包盖。这个包也可以肩背，但肩带已经被拆掉了。

"是我丈夫的。"史子说，"这个包是他让我去商场给他买的，这一点我能确定。"

刑警点了点头，指着其他塑料袋说："请看看里面的东西。"

悠人的视线移向旁边。那些塑料袋里装着文件、笔记本、眼镜盒、名片盒、文具、书等物品。这些东西悠人都是头一次见，所以完全说不出什么。

他的视线落在其中一样东西上。那是一台数码相机。史子也一样，她拿起了相机。

"有什么问题吗？"刑警问。

史子面带困惑地歪了歪头，让悠人和遥香看了看相机，问："你们见过这个吗？"

"没见过。"悠人说。遥香也摇了摇头。

"您丈夫工作中不用数码相机吗？他也不爱好摄影？"

"嗯，他好像没有这样的爱好……"史子把相机放回桌上。

就在这时，突然响起一个声音："我可以问个问题吗？"

说话的是一名身穿黑色西装的高个子男子，脸庞轮廓分明，眼神锐利。他伸出修长的手，拿起装有眼镜和眼镜盒的塑料袋。"您确定这也是您丈夫的吗？"他的眼神像要把史子看透。

"是我丈夫的眼镜。"

"眼镜盒是夫人您买的吗？"

"不，我没见过这个眼镜盒。我想是我丈夫自己买的吧。"

这是一个绘有和风图案的眼镜盒，悠人也是第一次见。

"好的。"说完，高个子刑警把塑料袋放了回去。

"这个眼镜盒有什么问题吗？"史子问。

"不，没什么。"高个子刑警摇了摇头。

看着眼前的一切，悠人冒出了一个疑问。"那个……我可以问一句吗？"

所有的视线都向他投来。睽睽众目下，悠人张口问道："为什么要对我们问个不停？不是已经抓到了一个可疑的男人吗？那家伙是怎么说的？他承认是他刺杀了我爸，又抢走了钱包和公文包吧？"

刑警们脸上浮现出为难的神色。终于，一名看上去年龄最大、身穿灰色西装的男子用严肃的眼神盯着悠人说："我们也有很多话想问那个人，但是，现在不行。"

"为什么？"悠人问。

"因为那人现在无法回答任何问题，他还处于重度昏迷中。"

5

香织从打工的食品店回到家时已经晚上八点多了。要在平时,她会立刻换上在家里穿的运动衫,但今天她想先等冬树回来。

今天下午五点多,她收到冬树的一封邮件:"有个地方可能会让我去上班,我现在去和人家见面。"如果冬树这次能顺利找到工作,就去附近的小酒馆喝一杯吧,香织想,冬树喜欢喝啤酒,我就喝乌龙茶。

可是,九点过了,十点也过了,冬树一直没有回来,给他打电话也没人接。香织给他发邮件:"你在哪儿?我很担心,快和我联系!"

可能面试又不顺利吧。以前也有过这样的事,说是去应聘池袋的飞镖酒吧的店员,结果彻夜未归。担心不已的香织最终在公园里找到了烂醉如泥的冬树,在他身边是堆积如小山的发泡酒的易拉罐。问他怎么回事,他说人家嫌他不够开朗所以没要他,于是他干脆自暴自弃,跑到便利店买了一堆酒喝了个痛快。

"真是个傻瓜!"话虽这么说,但香织非常明白冬树的心情。他肯定是气自己窝囊,觉得没脸回来见她。

香织完全不知道今天冬树去了什么地方面试。如果是服务行业,估计又不行吧。冬树不善言辞,一向不善于人际交往,尤其是在初次见面的人面前,总会变得结结巴巴。

冬树常说自己喜欢和机器打交道。确实,之前冬树基本上都是在工厂工作,现在他还想找这样的工作。可是,不知是由于经济不景气,还是他自己的问题,从劳务派遣公司那儿一直得不到好的面试机会。

不就是暂时没找到工作嘛,没事的,香织直直地盯着手机上显示的时间想道。手机桌面是他们庆祝圣诞节时的一张合影。

刚过十一点的时候,手机响了,是冬树打来的。香织立刻接起电话,着急地问:"喂,冬树,你在哪儿?"

没有回答,但是电话也没有挂断,香织能听到电话里传来的汽车的嘈杂声。

"喂?"香织又喊了一遍。

"香织……"终于,电话中传来冬树的声音,"我该怎么办?我干了件大事……"冬树的声音断断续续的,听上去非常痛苦。

"啊?什么事?"

"完了!我该怎么办?"

"等等!你干什么了?你好好说!"

不等听到他的回答,电话就挂断了。香织赶紧打了过去,可是,没有人接电话。

香织完全蒙了。到底发生什么事情了?冬树到底干了什么?

坐立不安的香织不停地重拨电话。不知打到第几十遍的时候，电话终于通了。

"喂？"电话中传来的却不是冬树的声音。大吃一惊的香织一下子愣住了。"喂？"对方又喊了一遍。

香织咽了口唾沫。"喂……你是谁？这是冬树的手机呀。"

对方的回答让香织非常意外。实在是太意外了，她简直要怀疑自己的耳朵出了问题。对方自称是警察。

"警察？！"

"请问这部手机的机主是八岛冬树吗？我们是根据证件得知这个名字的。"

"没错，可……"

根据证件知道名字？为什么？

"八岛冬树遇到了车祸，现在正被送往医院。"

"啊？"香织的大脑一片空白。车祸？这是怎么回事？刚才冬树还和我通过电话啊。巨大的疑问向香织袭来，她一句话也说不出来。

"请问，你是哪位？和八岛冬树是什么关系？"

"我和他住在一起。请问，到底是什么事故？他伤势严重吗？"

"详细情况我还不能说。现在需要确认一下你的姓名。这部手机显示的名字是'香织'。请问你是香织小姐吗？"

"我叫中原香织。"她回答道。

"中原小姐，请你保持手机畅通，之后我们会再和你联系。当然，应该是用其他电话和你联系。就这样。"对方迅速说完，不等香织回答就挂断了。

香织完全呆住了。到底发生什么了?她一片茫然,能想起的只有冬树的话:我干了件大事……完了!肯定是面试又失败了。可是,怎么会发生交通事故呢?

难道是自杀?香织脑中突然闪过一个念头。不可能!她随即想。不过是没找到工作,不至于想不开走绝路的。可是,电话里冬树的声音听上去确实非常沮丧。

香织摇了摇头。现在想这些都没用,眼下她最担心的是冬树的身体。他的伤势到底怎么样呢?

香织回家后还什么都没吃,现在更是食欲全无。她不但不想吃饭,反而觉得胃针扎似的疼,一阵阵想吐。

和那名警察通话后三十多分钟,电话终于再次响了,显示的是一个陌生号码。香织接起电话,是另一个男人的声音,依然是警察。对方告诉她冬树现在生命垂危、昏迷不醒,正在京桥的一家急救医院接受手术。对方说了医院的名字,问她能不能立刻赶到。"我马上去。"她说完挂断了电话。

香织跑出公寓,跳上出租车。又是一笔额外的支出,这个月的日子又不好过了。可是,现在的她完全顾不上这些。

医院前面停着几辆警车。香织一进去,立刻有几名男子迎了过去,其中有两人穿着警服。

面对香织的提问,他们回答说冬树正在接受手术,现在还不清楚能否得救。香织几乎要晕倒在地,他们赶紧把香织扶到候诊室的椅子上。

香织有一堆问题想问,却一句话也说不出来,反而是警察向她一连问了很多关于冬树的问题。香织脑中一片混乱,完全无法清晰作答。终于,警察们离开了。她只听到一个领导模样的人对其他警察说:"明天再问吧。"

香织一动不动地坐在候诊室的椅子上,心中祈祷着冬树一定要得救。同时,她心里充满了不解。警察说,他们本想对冬树进行例行问话,但不知为何冬树转头就跑,结果跑到车道上,被卡车撞了。冬树为什么要跑?香织完全不明白。可是,现在这些都不重要了,只要问问冬树本人,就知道到底发生了什么。在这个世界上,香织最相信的人就是冬树,冬树绝不会骗她。

香织抱着双膝,头深深地埋在膝间。现在,她谁也不想见,什么话也不想说,只想听到冬树得救的消息。

香织紧紧地闭上眼睛,恍然中觉得冬树就在她身边,正轻轻地拥着她的肩膀。迄今为止,他们俩就是这样相依为命过来的。

冬树和香织都是福岛县人。香织因父母在交通事故中双双去世,从小在福利院长大。冬树则是因为被母亲抛弃,被送到了福利院。冬树的母亲十八岁就生下了他,父亲却没了踪影,更别提结婚了。现在谁也不知道他的母亲到底在哪里、在干什么。

高中毕业后,香织找到了一份护理病人的工作,冬树则进了一家小型建筑公司。冬树二十岁那年,建筑公司倒闭了。之后,尽管冬树一直努力想要再就业,却怎么也找不到新的工作。

现在香织已经记不清是谁先提出来东京的。总之,两人都对东京充满无限憧憬,一心想去那里。他们相信东京有无数的就业机会,挣钱也多。而且,他们也不甘心在乡下度过一辈子。

大约五年前,两人带着仅有的一点积蓄来到东京,租了一间狭小的公寓,开始了同居生活。日子虽然穷,他们心中却充满了希望。每天晚上，两人都会畅谈对未来的梦想。冬树期望自己能有一技之长，早日站稳脚跟。

可是，社会的经济形势远比他们想象的严峻，他们以为能轻松找到一份正式工作的梦想很快就破灭了。冬树只能作为劳务派遣员工去工厂干活，或者做当日结算的零工，香织则同时打好几份工。这样忙碌着，总算能填饱肚子，可无论他们怎么努力，生活都不见有起色。

这时偏偏雪上加霜。冬树从去年开始在一家位于国立的工厂上班，大约半年前却突然被解聘。而且从那之后，冬树的身体每况愈下，工作更难找了。他们只能靠香织一个人的收入生活，这段时间连房租都交不上。

"对不起，香织，都怪我没本事。"最近，冬树动不动就对香织道歉。接着，他总会说："不过，我会加油的。我一定会让你幸福，一定尽快找到工作，让你过上好日子。"

是啊，你一定要加油，一定要让我看到你的笑脸！香织双手抱头，在心中祈祷着。

6

松宫来到日本桥警察局的礼堂时,看到小林和坂上正在礼堂前的吸烟处吞云吐雾。两人看起来都没什么精神。

"早上好。"松宫向他们打了个招呼。昨天深夜,松宫和两人分开后,回家小睡了几个钟头。

"怎么样?看见我俩的脸,想说什么?"大烟筒小林露出一口黄牙。

"应该没什么好事吧。"

小林闻言噘起下唇,点了点头。

"昨天那个男的还是神志不清,说不定救不过来。要真那样的话,可就糟了。本以为很容易就能搞定那小子呢。"

"查清他的身份了吗?"

"应该清楚了吧。昨天夜里,辖区的警察去调查了。"

松宫沉默地点了点头,向礼堂的入口看去。日本桥警察局的人不时进进出出,看来是在忙着设立搜查本部。

昨天夜里，松宫他们在江户桥附近搜集信息的时候，得到了可疑人物遭遇车祸的消息。据说那人看到巡逻的警察就跑，结果跑到车道上被卡车撞了。从他身上的钱包中发现了在江户桥遇刺的青柳武明的证件，所以怀疑此人和这起案件有关系。

听到这个消息的瞬间，松宫他们无疑都松了口气，毕竟那人很可能就是杀害青柳的凶手。虽然他被送往了医院，但只要等他恢复意识，录一下口供，这案子就等于结了——大家都这么想。所以，昨天夜里一结束工作，松宫就回家了。

"就算死了也没什么吧。"坂上看了看四周，压低嗓音说，"反正他身上带着被害人的钱包，肯定是劫财呗。最后的结论是嫌疑人死亡，这不就得了？"

小林皱了皱眉。"要是那样的话，准备资料也够受的，还得整理成像样的卷宗。光是确认嫌疑人在现场的踪迹就很麻烦，所以他还是活下来好，这样我们只要确认一下他供词的真伪就行。希望那家伙能起点作用吧。"说着，他掐灭了手里的烟。

礼堂里，设立搜查本部的准备工作已经全部就绪。桌椅、无线电、传真机、专用电话都已摆好，召开侦查会议时领导们就座的主席台也已经布置完毕。

侦查员的座位事先已经排好。松宫循着纸做的名牌走过去，看到坐他旁边的是一张非常熟悉的脸。

"哟！"那名男子——加贺恭一郎坐着和他打了个招呼。

松宫正在犹豫怎么回应的时候，小林走了过来。"刚才和组长商量过了，这次你还是和加贺一组，有问题吗？"

"没……没问题。"松宫摇了摇头，低头看向加贺，"请多多关照。"

"彼此彼此。"

等小林走开后,松宫坐了下来。"头儿们肯定认为上次的练马少女遇害案能够顺利侦破,要归功于我和恭哥这对绝佳搭档吧。"

"别恭哥恭哥的,怕大家不知道咱们是亲戚啊?"

"是,加贺警部补。"

"这又太死板了吧?"

"那……加贺。"

"这还差不多。"脸庞轮廓分明的表哥加贺点了点头,"上次我也对你说过,既然搜查一科的人出马,那你们就是主角。所以,请尽管指示。"

"得了吧,谁信啊?"松宫皱了皱眉。这时,周围的气氛突然一变。他们向入口看去,只见搜查一科的理事官和管理官等领导跟在石垣组长后面鱼贯而入,最后进来的是日本桥警察局局长。

等他们在主席台就座后,会议正式开始。

石垣负责主持会议,辖区警察局的刑事科科长、鉴定科警员和机动搜查队的代表等依次做了汇报,叙述了案件的大致情况。

被害人青柳武明,五十五岁,在一家名为"金关金属"的建筑材料公司担任生产部本部长。在位于新宿的总公司中查到了青柳昨天下午六点下班的记录。现在还不清楚他为什么会去日本桥,遗属对此也完全没有头绪。

遇刺时间推定为晚上八点四十五分到八点五十分之间。在江户桥的地下通道被刺后,被害人挣扎着走到了日本桥。日本桥派出所的巡查安田发现后,被害人立刻被送往医院,但很快就确认死亡。凶器是一把全长约十八厘米的折叠刀,刀刃长八厘米,完全插入被害人胸部，难以拔出，所以凶手弃凶器而逃。刀把上的指纹被布一类的东西擦拭掉了。

案件发生约两个小时后，即晚上十一点十分左右，执行紧急警戒任务的警察在日本桥人形町的滨町绿道公园发现了一名可疑男子。警察叫住他，想进行例行问话，但男子突然逃跑，警察便追了上去。男子横穿旁边的新大桥路，结果被行驶中的卡车撞飞，头部受到重创，当场昏迷，被立即送往医院。从男子身上的钱包中发现了青柳武明的证件，所以怀疑他和刺杀案有关。另外，在男子藏身的地方还发现了一个公文包。

男子身上的驾照显示，此人名叫八岛冬树，二十六岁，现住足立区梅田。晚上十一点左右，他曾给手机通信录中名为"香织"的人打过电话。警方和此人取得联系后，得知对方是一名叫中原香织的女子，和八岛冬树是同居关系。接到警察的电话后，中原香织立刻赶到了医院，但因为悲伤过度，现在还无法回答问题。

经青柳武明的遗属确认，在八岛冬树身上发现的钱包，和在滨町绿道公园发现的公文包均为青柳武明之物。

目前已经得到确认的信息就是这些。现在将根据这些信息，确定侦查方案和刑警的编排。

因为案件调查工作刚刚开始，大家看上去还略有些严肃，但松宫觉得和以往的会议相比，气氛已经轻松了很多。理事官和管理官不知在交谈什么，不时露出洁白的牙齿，主席台上的其他领导看上去也很从容，就连松宫身边的刑警们也都是一副松了口气的样子。大家肯定都觉得这不是件棘手的案子。

侦查会议结束后，刑警们各自集中到担任不同任务的小组。

松宫和加贺都属于小林领导的指挥小组，负责鉴定调查工作。这项工作一般是调查被害人的全部信息，但这次的情况有些特殊。

"首先需要查清八岛冬树和被害人的关系。松宫，你们现在去八岛冬树所在的医院。和他同居的那名女子从昨天夜里就在医院，估计这会儿情绪也稳定下来，可以回答问题了。负责取证的同事正好要开车过去，你们就跟他们的车。"

"明白。"听完小林的指示，松宫回答道。

"八岛冬树本人能恢复意识就好办了，但也不排除意外情况。总之，你们尽力而为吧。"小林的口气听上去比平常要乐观一些。

坂上和日本桥警察局的一名年轻刑警搭档，负责取证工作。年轻刑警开车，加贺坐在副驾驶座，松宫和坂上坐在后排，一行人驱车赶往医院。

"真希望能快刀斩乱麻，快点结案。"车开动后，坂上开口说，"希望八岛冬树这家伙能帮上忙，自己老老实实招供。而且最好没什么内情，和被害人也没什么关系，就是看见有钱人想抢钱而已。"

"他抢走了钱包和公文包，我想应该是劫财。"

"要是这样就好了。不过也有很多说不通的地方，那种地方怎么会发生抢劫案呢？就算行人不多，再怎么说也是在市中心啊。而且时间也不算太晚，难道不怕被人看见？但凡是个正常人，都不会干这种事。"

"也许那个时候他不太正常？比如嗑了药什么的。"

"如果有这种情况，刚才的会议上会有人报告的。既然被送到了医院，肯定要进行各种检查，包括验血。现在能想到的只有酒后行凶。可是，从他持有凶器这一点来看，又像是蓄意的。真是见鬼！现在只能把希望寄托在八岛冬树身上了。"坂上焦急地挠了挠头。

松宫凝视着副驾驶座上加贺的后脑勺。加贺沉默地面朝前方端坐着。看得出，只要搜查一科的人不征求他的意见，他完全不打算加入他们的谈话。

从昨夜开始，地域科的巡查佐伯驻守在医院，负责联络工作。据他说，八岛冬树现在在综合治疗病房，情况没有任何起色，还不能探访。

"那个姓中原的女人呢？"松宫问。

"一直在候诊室的角落里坐着。刚才她说去便利店买点东西，估计马上就回来。"

"她在这里待了一夜？"

"是啊。"

"不是不能见病人吗？在这儿待着也没用啊。"

"话是这么说……"

松宫叹了口气，和加贺、坂上对视了一下。

"怪不得刚才会议上说她悲伤过度，无法回答问题，估计吓傻了吧。"坂上压低声音说。

等中原香织回来的这段时间里，他们听主治医生介绍了情况。这是一位四十五六岁模样、身材消瘦的医生，在结束对八岛冬树长达五个小时的手术后，他和其他医生轮班休息，密切观察着病人的情况。医生略显为难地说："专业介绍我就不讲了。简单地说，目前最严重的情况是头盖骨开放性骨折，对大脑造成了影响，导致病人失去了意识。"

"应该有恢复意识的可能性吧?什么时候能恢复?"

面对坂上焦急的提问,医生摇了摇头,冷冷地说:"无可奉告。这么说吧,他可能永远无法恢复意识,但也不排除有立刻恢复的可能。当然,昏睡几个月之后又奇迹般恢复意识的病例也不少,不过更多的是永远无法恢复意识,只能保持植物人的状态。"

松宫从斜后方清楚地看到坂上的肩膀泄气似的耷拉下来。他知道,此刻自己的背影一定也是这个样子。

松宫他们回到一层,佐伯带着一名年轻女子过来了,看来她就是中原香织。她下身穿着牛仔裤,上身穿着衬衣和开襟毛衣,手里抱着圆滚滚的羽绒服和一个大包,看上去完全没有化妆,脸色也很差,披散着的头发有些凌乱。

他们带她去了一层大厅角落里的咖啡厅,所幸现在没有其他客人。他们向店员说明了情况,坐到最里面的两张桌子旁。坂上想找个烟灰缸,但这里是绝对禁烟的。

"怎么样?"松宫向中原香织问道,"心情平静些了吗?"

"好点了。"中原低着头,小声回答了一句。

"我们想了解一下详细情况。"见中原没说话,松宫舔了舔嘴唇,继续说,"昨天晚上,在中央区日本桥上发现了一名被刺的男子。警察在附近巡逻的时候,发现了一个可疑人物。警察本想对那人进行例行问话,结果那人立刻逃跑,在强行穿越马路时被卡车撞了。逃跑的人正是八岛冬树。"

中原香织抬起头,看向面前的几名刑警,最后盯着松宫说:"刚才我看新闻了。他绝不会做这种事,他绝不会杀人的……"

"但是,在他身上发现了被害人的钱包。"

中原香织吃惊地瞪大眼睛，无力地说："肯定是有什么误会。"她再次低下了头。

"昨天夜里十一点左右，你接到过八岛冬树打来的电话吧？他说什么了？"

"没……没说什么。"

"能告诉我们通话的内容吗？"

"他说，马上……"中原香织吞吞吐吐地说了一句，像被痰卡住了嗓子似的干咳起来，"他说马上就回来，还说回来得晚，对不起……嗯，就这些。"

"他没说他当时在哪儿，也没说他干什么去了？"

"没说。"

"昨天八岛冬树是几点出门的？"

"我不知道。我晚上八点才打完工回家。五点左右的时候，他给我发了一封邮件说有面试。"

"面试？"

"工作的面试。他说有个地方可能会雇用他，他去和对方见面。"

松宫往前探身。"八岛冬树现在没有工作？"

"嗯。"说完这句话，中原香织紧张地抬起头，瞪着充血的眼睛说，"不过，就算没有工作，他也绝不会抢别人的钱包，他绝不会干这种事情。肯定是误会！误会！"

"好，好。"松宫敷衍地点了点头，"请把你知道的所有有关八岛冬树的事情告诉我们，就从你们是怎么认识的说起吧。"

"怎么认识的？和现在有关系吗？"

"这个你不用管。如果是误会，我们必须掌握所有信息，才能解除误会。你可能已经很累了，不过还请配合。"松宫低头拜托道。

中原香织露出一副无奈的表情，开始讲述自己和八岛冬树的身世。听到她说两人是在福利院长大的，松宫非常吃惊。

"虽然没钱，可我们一直都很幸福。直到半年前，冬树突然被公司解聘。解聘的原因冬树自己也不清楚，反正没什么正当原因就被开除了。"中原香织的声音听上去有些气愤。

"那是一家什么公司？"松宫问。

"我也不太清楚，好像是生产什么材料的。他说过，是类似盖楼用的材料。"

"盖楼用的？"松宫脑中闪过一个念头，他追问道，"公司的名字是……"

中原香织皱着眉头想了想，低声说："金田？……不对，可能是金本。"

"金关？"

"啊，对。"

松宫和加贺、坂上对视了一下。坂上对日本桥警察局的年轻刑警耳语了几句，年轻刑警神色紧张地站起来，走出咖啡厅。他去通知本部了。

"关于这家公司，八岛还说过什么？提到过什么人名吗？"松宫继续问。

中原香织很诧异，想了想，摇摇头说："我不记得。他只说是突然被辞退的。本来他就不擅长解释。为什么问我这个？这家公司有什么问题吗？"

"没……没什么。"松宫含混地回答了一句。

中原香织用怀疑的眼神盯着他说:"请告诉我。难道只能你问我问题吗?"

看到松宫为难的表情,旁边的加贺说:"没关系,告诉她吧。她早晚会知道的,再说晚报上也会登被害人的信息。"

确实如此。松宫转向中原香织,说:"在日本桥上发现的被害人就在金关金属公司上班。"

中原香织好像没有马上明白这句话的意思。她眨了好几下眼,吸了口气。"所以……你是说所以冬树杀了他?不可能!这两件事情绝对没有关系!冬树不可能做这种事!"泪水从她布满血丝的眼睛中流出来,她从包里拿出手绢擦拭。

"最近八岛冬树和以前有什么不一样的地方吗?"

"没有,一点也没有。"中原香织边擦泪边摇头。

"你们的生活有什么变化吗?无论是好的方面,还是坏的方面。"

"没有。和以前一样,一切都和以前一样!"

看来她已经放弃思考了。现在的她根本无法保持冷静。

"请问,"旁边的坂上突然插了一句,把一张即时成像的照片推到中原香织面前,"你见过这个吗?"照片上是一把沾满血迹的刀。

中原香织用手绢捂着脸颊,向照片看去。看到刀上的血迹,她露出了恐惧的神色。

"你见过他带着这个东西吗?"坂上追问了一句。

中原香织摇了摇头,说:"我不知道。我没有见过。"

"真的?你再仔细看看。他有没有带过这个东西防身?"

"没有。他绝对不是这样的人!"中原香织把照片推到一边,趴到桌上号啕大哭。

7

晚秋的阳光透过遮光窗帘的缝隙投射进来，正在打电话的悠人脑中蓦然闪过一个念头：这么好的阳光，真是浪费！

"我明白了。这边的手续我会处理，你不用担心。"班主任真田老师的语气听上去有些沉重，"一定要注意身体。你现在可能没什么食欲，但是也要好好吃饭。有什么困难尽管告诉我，我会尽力帮忙的。你们家现在正是困难的时候，你要帮你母亲撑起这个家。我想她现在最能依靠的就是你。"

"是，我明白。"

"那，再见，保重。"

"再见。"

悠人挂断了电话。看上去一向嘻嘻哈哈、不太可靠的班主任今天听上去却可靠得很。

接着，悠人决定给同年级的杉野达也发一封邮件。悠人和杉野从初中开始就是同学，当时他们都在游泳社。升入高中后，他们都没有再参加游泳社。

悠人想了一会儿,在邮件的标题栏里打了一行字:我老爸死了。随后他在正文中写道:"看到邮件的标题,你可能会吓一跳吧。不过这是真的。估计电视什么的已经报道了。我老爸被人刺杀了。我暂时去不了学校,有什么事就拜托你了。上大学的事情怎么办,我也不知道。反正很烦。告诉大家我不需要安慰。再联系。"

发完邮件,悠人又扑倒在床上。他感到头很重,身体很沉。

昨夜睡了还是没睡?他自己也不知道。不可能一整夜都紧紧闭着眼睛一动不动,也许打过盹吧?反正现在他头疼得很。

很快,他收到了回复的邮件。标题是"回复:我老爸死了",正文中写着:"我简直不知道该说什么。我在网上看了事情的经过。太可怕了!总之,你家的事情我知道了,也明白你现在肯定不想听絮絮叨叨的安慰。估计大家会向我打听你的情况,我会这么告诉他们的。"

真是不可思议。这样的邮件往来让悠人再一次意识到父亲的死是横亘在眼前的现实:我们家的顶梁柱倒了,以前习以为常的生活再也回不来了。不安的情绪在悠人心里弥漫开来。

悠人慢腾腾地下了床,换好衣服,顶着昏昏沉沉的脑袋走出房间。一下楼梯,就听到客厅里传来史子的声音。

"现在你说这个?我哪儿知道……葬礼的事情还完全没考虑过……所以说,我根本不知道……什么?我不知道。"

悠人推开门,看到史子正拿着座机的分机在打电话。从她说话的口气来看,对方应该是家里的亲戚。

"总之，就这样吧，我先挂了。有什么事情，我再和你们联系……嗯……好，再见。"史子挂断电话，长长地呼了口气。

"谁的电话？"悠人问。

史子皱了皱眉，说："你外婆，从仙台打来的。"

"哦。"悠人点了点头。史子的娘家在仙台，悠人的舅舅住在那里，外婆的身体还很硬朗。

"外婆他们打过来的？"

"嗯。你舅舅看了新闻，所以打电话来问。然后你外婆拿过电话问这问那问了半天，真烦。我也什么都不知道啊——"史子正说着，电话又响了。她皱着眉拿起分机，看到来电显示后，调整了一下表情，说："您好，这儿是青柳家……哦，是吗……好，我们家随时都可以……是吗？那麻烦您了……好的，我在家等您。"放下电话，史子说："是小竹，他问现在能不能过来。公司那边由他来负责联络。"

小竹是武明的直属下级，悠人他们从小就认识他。看来公司内已经通报了这次的事。

"松本那边呢？"悠人问。

长野县松本市是武明的老家，但武明的父母都已经过世，房子早已不在。虽然还有几位亲戚，但基本都不来往了。

"嗯……我给清子打了电话。她还没看新闻，听到消息后很受打击，哭得很伤心。"

清子是武明的妹妹，结婚后还住在长野县。悠人已经三年没见过清子姑姑了。在悠人的印象里，清子姑姑是一个要强的人，总是笑容满面。他简直想象不出清子姑姑流泪的样子。

遥香慢慢走了进来。她的脸上已经不见泪痕，但眼睛肿着。

史子问："你们往学校打过电话了吗？"

"打过了。"悠人说。

遥香也点了点头。"老师已经听说了这件事，但没想到是咱们家，特别吃惊。"

悠人拿起遥控器，打开电视。画面上出现了一张气象图，一位播报天气预报的女主持人正在说着什么。

悠人不停地换台。有几个台在播新闻节目，但都没有报道昨晚的案件。最后，悠人又换回到最开始的天气预报节目。

"开着电视吧。肯定会报的。"遥香说。

悠人的心情复杂极了。一方面，他并不想看有关父亲遇害的新闻，另一方面，他又想知道社会上是怎么报道这起案件的。现在他的心情就像嘴里含着一颗发病的虫牙，一方面知道肯定会疼，另一方面又忍不住想摁一摁它。

玄关的门铃响了，可能是小竹到了。史子朝对讲机走去。"喂……什么？哎？我说不上来……不好意思，这个我不太想说……抱歉。"史子慌忙放下了对讲机话筒。

"谁？"悠人问。

"电视台的人。问我现在心情如何……"

"太过分了！要制作特别节目？"

"应该不会吧。"

遥香起身跑出客厅。接着，传来她噔噔噔跑上楼梯的声音。

悠人叹了口气。"难以置信……"

"那些人想什么呢？我们现在怎么会有心情说这个！"

遥香从二楼下来,说:"门口停着面包车,还有人在咱家附近转悠,看上去像是电视台的人。"

悠人走近面向院子的玻璃窗。从那里并不能看到外面的路,但他还是烦躁地拉上了窗帘。

"真烦人,这下连门也不能出了。"史子面带愁容地说道。

就在这时,电视上传来一阵音乐,阴森可怕之余显得故弄玄虚。电视画面上出现了日本桥,紧接着闪出两行醒目的大字:大都市的死角!东京市中心的杀人案!

小竹和两名下属来的时候,已经上午十点多了。他们先语气沉重地表达了哀悼之意,然后迅速进入善后事宜这个主题。看上去是在和史子商量,其实基本上是他们在讲,史子只是听着。史子让悠人也在旁边听,但悠人对公司的事情同样一无所知。

接下来谈到了葬礼的事情。因为遗体还未送回,无法举办葬礼,最后大家决定葬礼的准备工作正常进行,但具体时间要根据警方那边的情况再定。

小竹他们也不了解案件的具体情况,而且不明白武明为什么会出现在那个地方。

"刚才,日本桥警察局和公司联系,说今天会派人去公司。也许那时警方会再讲一下具体情况吧。"小竹语气沉重地说道。

小竹等人来家里的这段时间,不时有亲戚、熟人打来电话,史子都让悠人去接。虽然能听出打电话的人并不是出于好奇心,而是发自内心地关心他们,可悠人还是忍不住在心里发牢骚:拜托,让我们清净会儿吧。现在还不清楚——一直重复这句话让他身心俱疲，到最后还得对大家的关心表示感谢。

玄关的门铃又响了好几次，是那帮不死心的电视台记者。虽然反复告诉他们"我们现在没有什么想说的"，但还是有人穷追不舍："请问你们现在想对凶手说什么？"悠人一家只好对这些记者视而不见，挂掉对讲机。

"因为是在东京市中心发生的杀人案，电视台都把这当成一条爆炸性新闻。我们去和他们交涉一下。"小竹告辞时说道。

或许是他和电视台的人进行了交涉，他走后，门铃没有再响。也可能是看到遗属实在无话可说，记者们终于死心了。

中午时分，他们终于开始吃饭。沙拉、培根鸡蛋、吐司、罐装的汤，这是一顿冷冰冰的午餐。大家都没有食欲，只是机械地张嘴、闭嘴，餐桌上一片沉默。

午饭后，悠人的手机收到好几封邮件，有以前的同学，也有初中时的朋友。大家的邮件中写满了安慰之辞，但悠人一点也不想回复。也许他们纯粹是出于关心，可是悠人忍不住怀疑这只是强烈的好奇心使然。

"哥，你看。"遥香用下巴指了指电视。

电视画面上是一张日本桥示意图。悠人一下子紧张起来。

一位男主持人手拿指示棒指着地图说："……在江户桥的南侧有一条很短的地下通道，长约十米。在这条地下通道内发现了血迹，据推测属于青柳先生。也就是说，青柳先生极有可能是在这条地下通道内遇刺的。目前处于昏迷状态的男子抢走青柳先生的钱包和公文包之后，穿过地下通道，跑上了江户桥，过桥后向东逃走。身负重伤的青柳先生则从地下通道的另一侧走出，向日本桥走去。对此,有两种可能性,一是青柳先生要逃离凶手,二是青柳先生想寻求救助。"

主持人快速流利的报道不断传入悠人的耳中。确实,昨天夜里警察也是这么说的,父亲是在别的地方遇刺之后,挣扎着走到日本桥的。

可是,怎么没有行人注意到被刺伤的父亲呢?

好像要回答他的疑问似的,主持人继续说:"在江户桥和日本桥之间是一家知名证券公司的总部大楼。据附近的人说,当天晚上九点事发时,公司大楼的出入口都已关闭,没有人出入。因此可以推断,青柳先生从江户桥走到日本桥的路上并没有遇到任何行人。"

悠人想象着当时的情景。身负致命伤却挣扎着向前走,那种痛苦不是一般人可以承受的。父亲是个要强、固执的人,平时不会轻易流露脆弱的一面,可是这种时候还非得硬撑着吗?在意识越来越模糊的时候,他到底在想什么呢?

而且,日本桥——

"武明为什么要去那里?"既然小竹他们也这么问,看来不是工作上的事情。

不知何时,史子来到悠人身旁,盯着电视,手里紧紧攥着一条手绢。遥香又哭了起来。

电视里,几个戴着"评论员"名牌的学者和在场的嘉宾七嘴八舌地议论开来。世风日下,人心不古,生命是多么脆弱——他们说得真轻巧啊。

悠人拿过遥控器,换了一个台。电视里突然出现了一张眼熟的面孔，是一个中年女人。悠人正在琢磨这人是谁，只听史子小声说："是山本，和我们隔一户的邻居。"

"啊，是她。"悠人也想起来了，自己有时会在路上碰到她。

"……是啊，看上去是个挺认真的人，肯定是个好爸爸，一家人看上去也很幸福。唉，真是太可怜了。"山本对着话筒说道。

悠人关了电视，把遥控器扔到一边。虽然他知道山本这些人并没有恶意，可是看到她们这样随便地评论自己的家事，悠人感到非常不快。

遥香用纸巾擦着鼻子，看来她的眼泪一直没停。

"行了！你要哭到什么时候？"悠人扔下这么一句。

遥香用红肿的眼睛瞪着哥哥。"我有什么办法，我心里难受啊！我和你可不一样！"

"什么？有什么不一样？因为你是女的？"

"跟这有什么关系！你是傻子吗？我想说的是，我和你可不一样，我很在乎爸爸，还想好好孝顺爸爸呢。"

"得了吧，背地里你没少说老爸的坏话。"

"爸爸说我的时候我才那样，平时我根本没说过爸爸不好。你呢？你无时无刻不在讨厌他吧？每天早上为了不和他碰面，你都早早从家里溜出去。昨天早上也是！"

面对妹妹的反驳，悠人无言以对。她一下子切中了他的要害。

"我也没有不在乎老爸。"悠人的声音低了下来。

"哼，你那是爱爸爸吗？你只是担心咱们家以后没钱怎么办！"

"闭嘴。你也好不到哪里去！"

"我和你根本不一样。我爱爸爸，"遥香扬起脸，"所以我才会哭。"

"那你怎么总说老爸独断专行？"

"我没说过！"

"你明明说过！"

"悠人，别说了。遥香，你也是。"史子按着太阳穴，有气无力地说，"别吵了，求你们了。"

令人窒息的沉默笼罩着室内。

悠人拿起手机，站了起来。"我出去一下。"

"去哪儿？"史子问。

"哪儿都行。反正我不想在家里待着。"

"你说什么呀。你现在出去瞎转，外面的人还不定怎么说呢。"

"你现在出去的话，肯定会撞上电视台记者。"遥香抬起头来，"你不会是想上电视吧？"

悠人抓起身边的一个靠垫，猛地扔到沙发上。这时，家里的电话又响了。

"唉，又是谁啊？"史子拿起话筒，"我是青柳……应该可以吧……明白了，大约三十分钟之后，是吧？好的，我在家等你们。"史子带着疑惑的神色放下话筒，对悠人和遥香说："警察打来的，说有些事情想问我们。"

来的是警视厅搜查一科的年轻刑警松宫和比他年长一些的日本桥警察局刑警加贺。看到加贺，悠人愣了一下。这正是在日本桥警察局的会议室中，拿起武明的眼镜盒提问的那名刑警。

"心情平静一些了吗？"在沙发上落座后，松宫问道。

史子给两名刑警端上茶水，心事重重地说："说实在的，我还是难以相信。看着电视上的报道，总觉得说的是别人的事情。接到亲戚们打来的电话，才明白这么可怕的事情就发生在我们身上。"

松宫皱了皱眉，点头说："是啊，我们理解你们的心情。"

"请问，"悠人插嘴问道，"那个男的现在怎么样了？就是刺杀我爸的那个家伙。电视上说他还没恢复意识。"

加贺直视着悠人说："是否是那个人刺杀了你父亲，现在还不能确定。"

"话是这么说……"

"那人没有任何变化。"松宫说，"还处于昏迷状态。"

"哦。"

"有一样东西想请你们看一下。"松宫从西装内侧口袋里掏出一张照片。这是一张证件照的彩色复印件，照片上是一名年轻男子。"这就是目前处于昏迷状态的嫌疑人，名叫八岛冬树，是这几个字。"松宫翻过照片，照片背面写着"八岛冬树"四个字。松宫把照片又翻过来，问："你们见过这个人吗？或者看到这个名字，能想起什么线索吗？"

史子拿过照片，旁边的悠人和遥香也一同看起来。照片里的男子正面朝前，脸庞消瘦，看上去像个拳击手，顶着一头黄色短发，眼神锐利，像在挑衅。

"怎么样？这个人来过你们家吗？或者你们在附近见过这个人吗？"松宫又问了一遍。

史子瞟了一眼悠人和遥香，两人都摇了摇头。

"我们不认识这个人。"史子说完,把照片放到桌上。

松宫翻过照片,指着"八岛冬树"这几个字,问:"你们看到这个姓氏或者名字能想起什么吗?比如有没有在信件的寄信人中见过这个名字?有没有叫这个名字的人给你们打过电话?青柳先生生前有没有提过这个人?不是八岛也行,比如八道什么的。"

悠人盯着"八岛冬树"这个名字,在脑海里仔细搜索着,却怎么也找不到一点头绪。这完全是一个陌生的名字。

"即使是不太确切的印象也行,就算是弄错了人也没关系。只要想起任何事情,请尽管说出来。八岛冬树,二十六岁,福岛县人,现住足立区梅田。六个月前,他曾在金关金属公司的国立工厂工作。怎么样?听到这些能想起什么吗?"

"金关金属……这是真的吗?"

"是的,刚才我们已经去总公司确认过了。虽然八岛冬树并不是正式员工,但在公司里查到了他的工作记录。"

史子和悠人、遥香对视了一下,还是摇了摇头。"昨天我已经说过了,我丈夫在家里从来不提公司的事情。"

"这样啊。"松宫把照片收了起来。

"那个人是我爸的下属吗?"悠人问。

"他是劳务派遣公司派去的员工,所以并不能算青柳先生的下属。他确实在青柳先生手下干活,但现在还不清楚两人是否认识,所以我们来确认一下。"

"如果他们认识,那就不是单纯的抢劫案了吧?那家伙是因为和我爸有仇,所以……"

"现在还不能下结论。"

"那家伙的家人或者身边的人是怎么说的?"

"家人?"

"是啊。那家伙肯定也有家人吧?他们怎么说?"

悠人的目光在两名刑警的脸上游移,但两人都没有说话。过了片刻,加贺说了一句"谢谢你们的茶",端起面前的茶杯慢悠悠地喝了一口,把茶杯放回桌上。

坐立不安的悠人忍不住提高了嗓门:"快说啊!"

"悠人!"旁边的史子呵斥道。

"抱歉,"松宫说,"我们不能随意透露案件的侦查内容。"

"我们可是被害人的家属啊。我们有权利知道凶手的家人是什么态度。"

"现在还不能认定那名男子就是凶手,只能称他为嫌疑人。"

"那有什么区别。反正我——"

"你的心情我们能理解,"加贺打断了悠人的话,"我们也想尽可能满足你们的要求,不过为了能够顺利破案,我们必须对侦查内容严格保密。随意泄露消息,可能会耽误破案或掩盖真相,结果反而对你们不利。请暂且忍耐一下,拜托了!"加贺低头请求道。松宫也赶紧低下了头。

看着两个大男人这样的态度,悠人没话说了。他抱起胳膊,闭上了嘴。

"请别这样。"史子说,"那等你们调查清楚之后,再告诉我们事情的真相吧。我们非常想知道,那人到底为什么要杀害我丈夫。"

"当然。到时候我们一定如实奉告。"松宫说。

"真的吗？一定要答应我们。"

"一定。"松宫郑重地点了点头。

"我也想问个问题。"加贺看着悠人说，"我想问你比较好。"

"什么？"

加贺打开笔记本。"你初中上的是修文馆中学吧？"

悠人一脸迷惑，完全没想到警察会问他这个。

"是的。怎么了？"

"在你父亲的手机里，有一条打往修文馆中学的通话记录，是三天前打的。关于这个，你有什么头绪吗？"

"我爸？往我的初中？"悠人看向史子，"我爸说过什么吗？"

"没听他说过啊。"史子歪着头困惑地说，"他为什么会往学校打电话呢？"

"夫人，您也不知道吗？"

"是的，我从没听说过这件事。"

"好的，那我们再问问学校那边吧。"

"要是你们知道了是什么事情，也请告诉我们一下。"

"好的。"加贺合上笔记本，"对了，我还有一个问题。您丈夫经常去日本桥吗？"

"这……"史子迟疑地说，"我也完全摸不着头脑。他为什么会去那儿呢？"

"日本桥附近有很多街区，比如人形町、小传马町、小舟町。您丈夫有没有提起过这些地名？"

史子面带疑惑地看向悠人和遥香，两人都摇了摇头。

"我明白了。"加贺微笑着点了点头。

两名刑警离开后，悠人感到心头堵得满满的。本以为能从警方那里得到一些明确的答复，结果心里更不痛快了。

屋里只剩下他们三人，气氛再次变得沉重起来。

"真没用啊。"遥香轻声说，"我们真没用。"

"什么？"悠人问，"什么没用？"

"不是吗？"遥香继续说，"对于爸爸的事情，我们什么都不知道。警察的问题我们一个也答不上来。不知道、没听说过、没见过——来来回回就这几句。警察肯定觉得我们是一帮笨蛋。"

"不知道就是不知道啊……"悠人本想再说一句"我们有什么办法"，但他没说出口。和妹妹一样，一股巨大的无力感向他袭来。

史子默默走进了厨房。

遥香又开始啜泣。这次，悠人再也无可抱怨。

8

晚上刚过七点，松宫和加贺回到了日本桥警察局。在搜查本部，侦查员们正围着石垣汇报情况。

"发现了被害人的踪迹。有人在现场附近的咖啡厅见到过被害人。"负责踪迹调查的刑警长濑汇报道。

"咖啡厅？被害人在里面逗留过？"

"是的，那是一家自助式咖啡厅。"长濑在桌上铺开一张地图，"咖啡厅位于昭和路西侧的第一条路边，距离案发现场大约两百米。咖啡厅的店员说见过被害人，还记得他当时用了一张两千元的纸币。"

"两千元的纸币？现在很少见啊。"

"所以店员记得他。当时被害人掏出一张两千元的纸币，笑着对店员说'很少见吧'。最重要的是，店员虽然记不清被害人当时点了什么饮料，但是清楚地记得他点了两杯。"

"两杯？两杯饮料？"

"是的，点了两杯一样的饮料。也就是说，当时被害人和另一个人在一起。遗憾的是，店员没有注意到那个人长什么样。"

"那是几点的事情？"

"店员记不清楚了，应该在七点到九点之间。"

石垣抱起胳膊。"当时和被害人在一起的会不会是八岛？据和他同居的女子说，八岛当天出门前给她发邮件说出去面试。找到八岛面试的地点了吗？"

长濑摇了摇头。"调查了现场周边的饮食店，目前没有发现什么有用的信息。八岛手机的通话记录中，也没有和这些店铺通过电话的记录。"

"八岛所说的面试，会不会就是指在咖啡厅和被害人见面？"

"有这种可能。和八岛同居的女子说，八岛曾经给她发邮件，说有个地方可能会让他去上班，他要去和对方见个面。邮件确实是这样的内容。"

石垣转向松宫二人问："八岛和被害人是什么关系？"

松宫看了看身边的加贺，加贺低声示意让他说。

松宫打开笔记本。"目前还不清楚二人是否认识。被害人的工作地点是位于新宿的总公司，很少去位于国立的工厂，但也不是完全不去，有时候会去例行视察。不排除在例行视察的时候，二人有过接触的可能性。"

石垣摸了摸下巴。"如果出现在咖啡厅的是他们二人，那看来这不只是一起劫财案件。如果不是劫财，八岛的作案动机又是什么呢？"

"关于这一点，我们注意到一件事情。"松宫说，"据中原香织说，八岛非常不满金关金属公司将他解聘，但据金关金属公司人事部的人说，那是劳动合同到期的正常解约，不存在什么纠纷。"

"也就是双方的说法有出入。也许是公司一方比较强势，硬性解聘派遣员工吧。现在这种事情也很常见。"

"于是，八岛去见青柳是想抗议对他的不正当解聘，想让公司重新雇用他——可以这样推测吧？当然，前提是他们二人之间真有什么纠葛。"

"确实，这样一来能够解释二人为什么会见面，也和八岛邮件的内容吻合。但有一点很奇怪，就是那把刀。八岛为什么会揣着一把刀去见青柳呢？"

"也许他想威胁青柳吧。"说话的是小林，"估计他本来没有杀人的想法，只是怕青柳不拿他当回事，所以带把刀吓唬吓唬青柳。结果话不投机，八岛被激怒了，冲动之下拔刀刺向被害人。有这种可能吧？"

"嗯……"石垣低语了一句，环视下属们，"查到关于刀的信息了吗？"

坂上清了清嗓子。"那是一把很常见的进口刀。我们调查了东京市内销售这种刀具的店，但没有店员对八岛有印象。不过，现在通过网络也能购买，他也可能是这样把刀弄到手的。"

"据中原香织说，她没见过这把刀。"松宫说。

坂上哼了一声。"那种话哪能信啊。"

"还是需要确认一下。"石垣说，"即使八岛恢复意识，可他要是说刀是被害人带来的，那事情也就难办了。无论如何，得找到客观证据证明那把刀是八岛的。这件事就交给你了，坂上。"

"明白。"

石垣看了一下手表。"总之,现在只能等八岛恢复意识。今天就到这里。你们都不用值夜班,回家好好休息一下吧。"

"是!"听到石垣的话,下属们都来了精神。

松宫也准备回家,身边的加贺却翻起文件夹来。文件夹中装的是证物的照片,加贺似乎对青柳武明公文包中物品的照片特别在意。

"你注意到什么了?"松宫问。

加贺用指尖点了一下其中一张照片。照片上是一个布面眼镜盒,上面画着日本男小丑、女小丑,还有一些平假名。

"有什么问题吗?"

加贺没有回话,掏出手机,开始打电话。

"喂,您好。我是日本桥警察局的加贺……嗯,是的……是啊,很久没去拜访您了。是这样的,想向您咨询一件事情。我现在过去方便吗?不,不是什么大事,只是想确认一下……抱歉,麻烦您了。"挂断电话,加贺从文件夹中抽出眼镜盒的照片,站了起来。

松宫也慌忙站起来问:"你去哪儿?"

"一件小事,去确认一下而已,也许和案件没有任何关系。你不用跟着,很可能只是白跑一趟。"

"我要去。白跑的路多了,侦查的结果才可能有变化。"

加贺苦笑了一下。"这话好耳熟啊。你好像很喜欢这句话。"

"嗯。"

我是替你这个当儿子的记住这句话——看着加贺的背影,松

60

宫在心里默默说道。

走出警察局,加贺拦下一辆出租车。

"麻烦你,我们去甘酒横丁,就在前面不远。"加贺对司机说。

"甘酒横丁?为什么去那儿?"松宫问道。

"去了你就知道了。"加贺把目光投向窗外。

松宫决定给这位表哥出点难题。"对了,舅舅两周年忌的事情准备得怎么样了?你不会忘得一干二净吧?"

加贺有些不耐烦地回过头来说:"我会办的,谁让你和姑姑一个劲唠叨呢。昨天我和金森小姐见面,准备请她帮忙。正和她谈这事的时候,就发生了这次的案件。"

"你这么说我就放心了。我妈还担心你不打算办了呢。"

"我个人真的觉得没有必要做法事。"

"你可不能这么说,这不是为了你自己。舅舅只有你这么一个儿子,如果你不办,我们怎么缅怀舅舅呢?"

"知道了,知道了。我不是说了要办吗?你不用这样咄咄逼人吧。"加贺嫌烦似的摆了摆手。

出租车驶入了人形町路。司机正准备拐到甘酒横丁时,加贺示意停车。"前面是单行线。我们从这里走过去。"

这是一条两旁遍布小商店的商业街。加贺向前走去,松宫在旁边跟着。两边的商店基本都已经打烊了。

"这就是甘酒横丁?我还是第一次来呢。"

这是一条充满江户风情的小路。"藤条箱""三味线""批发茶叶",这样的招牌在其他街区已经不多见了。可以想象,白天来这儿转转,倒是件挺惬意的事情。

"这家店的仙贝味道不错。"加贺说。他们走过一家已经打烊的店铺,店铺的名字是"咸甜味"。

"真是令人羡慕啊,你净在这儿偷懒了吧。"

"还行吧,托当警察的福。"

加贺调到日本桥警察局后不久,小传马町发生了一起凶杀案。松宫虽然不了解具体情况,但听说加贺在破案过程中立了大功。他肯定已经把这里当作自己的地盘了,松宫心里嘀咕着。

前面店铺的门缝中透出灯光。门口的布帘已经收了,店铺的招牌上写着"童梦屋"。这似乎是一家卖手工艺品的店铺。

"就是这里。"加贺说着,推开了门。

"哎呀,好久不见了。"坐在里面的一名女子满面笑容地起身走过来。她看上去五十多岁,圆脸,眼角有些下垂。

"上次麻烦您了。抱歉,这么晚来打扰您。"

"没事,反正我闲着也是闲着。这次又是因为案件吗?"

"嗯,是的。"

听到加贺的话,老板娘皱起了眉头。"哎呀,这世道怎么坏成这样了。"她向初次见面的松宫寻求认同,"你说是吧?"

"嗯。"松宫含混地点了点头。

"其实,想请您看一下这个。"加贺掏出眼镜盒的照片。

老板娘看了一眼照片,用力点点头说"你们稍等一下",便走进店铺里面。这是一家店面不宽但纵深很长的店铺,店里摆满了各种各样的手工布包、手提袋、小毛绒玩具,还有颜色鲜艳的木质陀螺等旧式玩具。

老板娘回来了。"就是这个。"她拿来一个布面眼镜盒,样子和照片上的一模一样。

"果然是这儿的商品。我记得在这里见过这种图案,所以猜有可能是你们店里的商品。"

"没错。这是一种特殊的缝法。"

老板娘说,这种布的图案叫"时代小纹"。经她这么一说,松宫才注意到,这家店内的很多小杂货都是这种图案。

加贺又掏出一张照片递给老板娘,那是青柳武明的脸部照片。

"啊,这个人呀,"老板娘点了点头,"我记得他,他来过这儿。"

"是什么时候的事?"

"嗯……"老板娘拿着照片,抬眼看着上方,若有所思,"大约一个月前?再上一次是夏天。我记得那时天气热得很。"

"夏天?也就是说这个人来过不止一次?"

"没错,凡是来过两次以上的顾客我绝对不会记错。"老板娘自信满满地说道,把照片还给加贺。

"您和这个人说过话吗?"

"说过几句。我向他夸了夸我们家商品的特色。对了,加贺先生,您第一次来我们店时我也和您说过,就是那些话。"

"这个人当时什么神情?"

"怎么说呢,就乐呵呵地听着呗。没准觉得我是个啰唆的老太婆吧。"说着,老板娘哈哈大笑起来。

从童梦屋出来,加贺并不打算往回走,而是继续向甘酒横丁里面走去,看来他还有其他目的。松宫默默地跟了上去,又一次折服于表哥的敏锐。看来,加贺自从赴任以来,脚步已经遍及这片街区的每一个角落。如果不是这样,他不可能一看到眼镜盒的

63

图案就想起这家小商店。他可能是想到了这一点，才会向被害人的家属询问被害人是不是常来日本桥。

过了马路，他们来到一个公园的入口。这是一个狭长的公园，夹在两条马路中间，更像是一段宽阔的中央隔离带。公园的入口处立着一座弁庆的石像，加贺从那儿走了进去。叶子落尽的树林中，一条弯弯曲曲的小路向前延伸。

加贺停下脚步，在长椅上坐下来。

松宫依旧站着，环视起四周。"难道这里就是……"

"滨町绿道公园。"加贺说，"八岛藏身的地方。"

"那家伙竟然跑到了这里？"

"不，案发现场离这里并不远，最多两公里。过了江户桥，沿着路边向前走，很快就能到人形町。八岛大概是在找一个掩人耳目的地方时，找到了这里。"加贺指着对面，"滨町绿道公园的另一侧的出口正对着新大桥路。八岛就是跑到那条路上，被卡车撞了。"

松宫点了点头，明白了这里的地理位置。

"青柳来这里干什么呢？"加贺说，"我想他的目的地应该不只是童梦屋。不，估计他只是路过那家店而已。他最主要的目的是什么呢？"

"奇怪的是，他连家人也没告诉。不过，这和案件有关系吗？"

"不知道。可惜那个数码相机里一张照片也没有。"加贺摇了摇头，站了起来。

他们走出滨町绿道公园，沿着与来时相反的方向走出甘酒横丁。好几辆空出租车从他们身边驶过，加贺却径直向前走去。他们穿过人形町路,继续前行。右边是一家名叫"玉秀"的饭馆,那里的鸡肉鸡蛋盖浇饭非常有名。来到这里,松宫明白了加贺的目的——他要步行到案发现场。

走过小舟町的十字路口,前方就是首都高速公路。日本桥就在高速公路下方。

终于,他们来到了江户桥。穿过昭和路,继续直行将到达日本桥的北侧,但他们拐上了江户桥,因为江户桥的那头正是案发的地下通道。也就是说,他们二人沿着所推测的八岛逃跑的路线逆行走了一遍。

地下通道已经恢复正常通行。穿过地下通道后,加贺停住了脚步,背对江户桥指着南面说:"青柳去过的咖啡厅,就在前面。"

"没错,在昭和路旁边的第一条路上。"

加贺站在那里,歪头思索着。

"怎么了?"松宫问。

"青柳当时到底要去哪里呢?如果要回家,咖啡厅旁边就是日本桥站,他完全没有必要穿过这条地下通道。"

松宫看了看昭和路的前方,又回头看了看江户桥。确实如此。"可能是八岛骗他来的吧。如果八岛计划行刺,只有在地下通道才有下手的机会。"

"八岛怎么骗他来这里?说一起在附近散散步?"

"这个嘛……真是让人想不明白。"

加贺继续向前走去,看来他打算去日本桥。这正是遇刺后的青柳武明忍着剧痛走过的路。

"没想到要走这么多路啊。"松宫说。

"你要不愿意，就别跟着我。"

"我又没这么说。"

加贺一下子停住了脚步，用锐利的目光盯着松宫。"我可先把话说清楚，如果八岛冬树不能恢复意识，我要走的路会是今天的一百倍。你要是有怨言，赶快让石垣或者小林给你换个搭档。"

"谁说有怨言了？你可真难缠。"松宫硬邦邦地扔下一句，大步向日本桥走去。这时，上衣内侧传来了手机的振动声，他掏出手机一看，是小林打来的。

"回家了吗？"

"没有，我正在现场附近。"

"那正好，你去趟医院吧。就是八岛住院的那家。"

"八岛恢复意识了？"

"可惜啊，八岛还没恢复意识，陪着他的那位小姐却倒下了。"

"中原香织？"

"听说只是贫血，没什么大问题。不过，医院那边说还有事情要告诉我们。我现在赶过去，你也一起去听听。"

"明白。我马上过去。"松宫放下电话，把情况告诉加贺。

"我和你一起去吧。"

"别，恭哥你回家休息吧。别忘了，从明天开始，你还要走一百倍的路呢。"说着，松宫向身边驶过的出租车招了招手。

松宫来到医院时，早到的小林正和一名身穿制服的警员交谈。因为嫌疑人住院，所以一直有警察在医院轮流值班。松宫和小林二人来到诊室，里面坐着一位穿白大褂的男医生，和今天早上介绍八岛病情的医生不是同一个人。

"中原小姐呢？"松宫问。

"有空房间，就让她去那儿休息了。听说她在候诊室晕倒时，我们都吓坏了。"

"在候诊室晕倒的？"

"估计她从昨天起就没合过眼。白天倒是回了一趟家，傍晚又赶回来了。她想陪伴在男友身边的心情我们能理解，可是这样下去她自己的身体也会垮掉的，现在应该让她立刻回家。"医生压低了声音，"实际上，她正处在特殊时期。她怀孕了。"

松宫瞪大了眼睛。"真的？"

"因为担心她晕倒时撞到了头部，我们建议她照一下X光，可是她坚决不同意。我觉得奇怪，问她为什么，她才说她怀孕了，刚满三个月。"

松宫和小林对视了一下，一时不知如何是好。

"因为涉及个人隐私，本来是不应该随便透露病人的信息的。鉴于目前的状况，隐瞒这个情况也不合适，于是我和院长他们商量之后，决定和警方联系。这件事情也已经和她本人谈过了。"医生语气慎重地说道。

"我们可以和她谈谈吗？"小林问。

"应该可以，她已经能起身了。请你们尽量劝她回家吧。"

小林没说话，好像在思索什么。片刻后，他对松宫说："咱们先去看看吧。"

"八岛怎么样？还是没有任何变化吗？"松宫向医生问道。

"根据负责八岛的医生说，他已经脱离了危险，但情况还是非常不乐观。"

"恢复意识的可能性有多大?"

"不好说。"医生的回答听上去很无情。

随后,医生带他们来到一间病房。医生一个人先进去,几分钟后出来说:"她恢复得不错。可以放心了。"

像和医生换班似的,松宫二人走进房间。中原香织正坐在床上。可能是接受了治疗的原因,尽管她低着头,仍能看出脸色比今天早上要好一些。

"我们听医生说了。"松宫说,"你受苦了。不过幸好没影响到肚子里的孩子。"

香织轻轻点了点头,嘴唇依然抿着。

"今天早上,我们问你生活上有什么变化,你说没有。为什么不告诉我们你已经怀孕了呢?"

香织没有说话,双手在膝上时而交叉,时而搓来搓去。

"他……八岛先生肯定知道你怀孕的事吧?"小林低声问。

香织像是吓了一跳,身体僵住了,接着轻轻点了点头。

"你们还没有结婚。之后不打算登记吗?"

香织舔了舔嘴唇,说:"会登记的。我们商量过,在孩子出生前结婚。"

"但是现实生活中确实面临着很多困难吧。我听说他正发愁找不到工作。"

"找工作……是很难。不过冬树说了,等他身体恢复,他就能像以前一样工作了。"

"对了,听说两个月前,他的身体出了点状况。他怎么了?"

"是他的脖子……"

"脖子？"

"在那之前，冬树就说他的脖子酸疼得厉害。大约两个月前，情况变得越来越严重，最后左手麻得都动不利索了。"

"那可真让人担心。原因是什么呢？"

"不知道，他又不肯去医院。不过最近好多了，所以他说准备开始好好找工作，没想到……"香织说不下去了。她显得有些激动。

"孩子出生需要一大笔费用，这事可怠慢不得。"小林的声音听上去有些冷酷，"八岛先生是怎么打算的？"

香织深吸了一口气，瞪着小林。"我们会想办法的。只要我们俩齐心协力，肯定会有办法，我们就是这样走过来的。来东京的时候，我们都发过誓，无论日子多么苦，也要两个人一起努力。"

所以冬树绝不会为了钱去杀人——她宣战似的目光分明在这样说。也许想着不能再刺激她，小林没再说什么，点了点头。

"你还是先回家吧。"松宫对香织说，"现在这样对你的身体不好，对肚子里的孩子也不好。我送你回去。"

"不，那太麻烦您了。"

"不必客气。把你留到这么晚，作为警察，我们有义务送证人回家。"小林说，"而且，就算你在这里，也不能帮他恢复。"

这话听上去很无情，但说的是事实。香织应该也明白这一点，无言地点了点头。

和小林在医院门口分开后，松宫送香织回家。他们上了一辆出租车。车内，两人都沉默着。

"请问，"香织低声说，"我听说去世的那位被害人一直走到日本桥，是吧？胸膛上插着刀？"

"是的。"

"日本桥就是那座桥吗？日本所有道路的起点……"

"没错。道路元标……好像是这么说吧。怎么了？"

香织轻轻地呼吸了几下，视线落向斜下方。"我们第一次来东京的时候，是一路搭顺风车来的。"

"搭顺风车？现在？"

也许是因为松宫吃惊的表情看上去有些滑稽，香织的神色缓和了一些。

"很可笑吧？在二十一世纪的现在，居然还有人搭乘顺风车。因为我们没有钱，想不出别的办法。但世上总有好心人，我们平安无事地搭了一路。人家问我们要去东京的哪里，我们就说脚下这条路能到东京的哪儿我们就去哪儿。就这样，最后一位带我们的卡车司机把我们放到了日本桥桥头。我们在桥上大呼万岁，觉得全新的生活开始了。那时的我们是多么幸福啊。"她从包里掏出手绢擦拭眼角，"对不起。"

松宫一时语塞，不知该如何回话。他默默注视前方，巨大的千住新桥向眼前逼来。

9

第二天仍旧是一早就召开侦查会议。侦查员们围着石垣,依次汇报相关情况。他们汇报的内容,松宫大半都早已知道。

轮到松宫他们的时候,松宫站起来汇报了昨天了解到的情况,但没有说青柳武明去童梦屋买东西一事。加贺说还不知道这件事情和案件的关系,所以暂时先别说。松宫也这么认为。

小林报告了中原香织怀孕的事情。一时间,大家一片哗然。

"现在的年轻人不好好挣钱,生孩子倒比谁都着急。"日本桥警察局的刑警古参在松宫身旁嘀咕道。

会议结束后,负责鉴定工作的警员留下来继续开碰头会。松宫和加贺被安排去金关金属公司的国立工厂。

"松宫警官,"刚从警察局出来,加贺就一本正经地叫住松宫,"去国立工厂调查情况,带着日本桥警察局的刑警很多余吧?那边就交给你了!"

"恭哥……加贺,你要去哪里?"

"和昨天说的一样,继续转悠转悠。"

"你不会又要去甘酒横丁吧?"

"不只是那里,周边都要去。案发那天晚上,被害人为什么会去那儿,我始终觉得很奇怪。"加贺盯着松宫,笑眯眯地说,"调查情况这种小事,你一个人能解决吧?"

松宫盯着表哥:"我可有条件。你了解到的情况一定要告诉我。就算和案件没什么关系,也要和我说。"

加贺恢复了严肃的神情,点点头说:"当然,我答应你。"

"那好吧。金关金属公司的调查结束后,我和你联系。"

"好。"加贺迅速转身,迈开大步走了。看来他没打算乘出租车。

加贺肯定是去确认青柳武明有没有去过童梦屋之外的店铺了。关于这一点,松宫也很想知道。他很想和加贺一起去,但又想这件事就交给加贺吧,而且,去国立工厂调查情况也很重要。

松宫从东京一路换乘电车赶往国立工厂。光是到京王线的中河原站就花了将近一个小时。在那里,松宫改乘了出租车。

出租车沿着多摩川向前驶去,道路两旁是大片引人注目的空地。路上基本看不到民宅,大多是中小型工厂、仓库、大型设施等建筑,有时还能看到成排的高层公寓。

前方出现一片有围墙的建筑物,出租车在门前停了下来。门上写着"金关金属国立工厂"。下了出租车,立刻听到围墙里面传来机器的声音。

松宫在传达室报上姓名,门卫给了他一张出入证,让他去办公室。办公室就在旁边。那是一座两层的建筑,隔着窗户能看到里面有人。

松宫从一层的入口进去,看到十来个人正坐在各自的桌前工作。看来蓝色上衣是他们的制服。

一个矮个子的中年男人走过来,向松宫恭敬地鞠了一躬。应该是门卫已经向他通报过有警察到访。中年男人自称姓山冈,名片上的职位是生产二科科长。

"总公司和我们联系过了,您是来调查八岛冬树的事情吧?"山冈问。

"是的,还有青柳先生的情况。"

"明白了。我去叫了解情况的人过来。"山冈回自己的座位打了个电话,又回来对松宫说,"他马上就到,您这边请。"

松宫被带到办公室里隔出的一片用于接待的空间。里面摆着廉价的沙发和茶几。一名女员工给他们端来了茶水。

山冈啜了口茶,长叹一声,说:"唉,真是太意外了。没想到会发生这样的事情,真是太惨了。"

"山冈先生,您经常和青柳先生见面吗?"

"嗯,当然。青柳先生当厂长的时候,我们基本每天都见面。后来,他也会定期来这里。本来嘛,他是生产部本部长,可以说是我们这些现场工作人员的总司令。"

"这样一位干将突然去世,对公司来说打击很大吧?"

"是啊。"山冈使劲点点头说,"何止是很大。青柳先生最熟悉工厂的情况,我们遇到难题、碰到不知该如何处理的情况时,肯定要找青柳先生商量。"

听到山冈热切的语气,松宫能感觉到青柳生前很受大家的尊敬和信赖。

这时，一名身穿工作服的男子走了进来。此人看上去四十岁左右，肤色黝黑，体格健壮。他摘下安全帽，向大家点了点头。

"辛苦了！"山冈起身对他说，"这位是警视厅的刑警。"

松宫也站了起来。"我姓松宫。百忙之中前来打扰，实在抱歉。"

男子从后裤兜中掏出钱包，用粗壮的手指从钱包里捏出一张名片。这张皱巴巴的名片显示，他姓小野田，是生产二科一班的班长。

三人落座后，山冈说："八岛就在小野田的班里干活。"

"是什么样的车间？"松宫问小野田。

"生产用于建筑的金属零件。"小野田用几乎听不清的声音叽叽咕咕地说，"八岛负责补充材料、搬运生产好的零件。"

"八岛是一名什么样的员工？"

"什么样的？"小野田嘟囔了一句，歪了歪头说，"说实在的，我也不清楚。他不是本地人，也很少说话。我们之间的接触，就限于我给他布置任务、他完成任务而已。"

"劳务派遣员工中，这种人很常见。"山冈像要补充什么似的，从旁边插话说，"劳务派遣公司告诉他们，工作中让干什么就干什么，不该说的话少说。反正就是公事公办吧。"

"他的工作情况怎么样？认真吗？"

"嗯……这个……"小野田挠挠耳朵后面，面带疑惑地说，"一般吧。就像刚才科长说的，让他干什么他就干什么。"

"他在工作中出现过重大失误吗？"

"呃……没出现什么重大失误。"

松宫看着自己的笔记本说:"他的合同是三个月一签,但九个月后终止了合同。原因是什么?"

"这个……"小野田支吾了一句,看了看山冈。

"只是人员缩减而已。"山冈说,"产量下降,所以缩减了工人人数。就是这么回事,您查一下记录就明白。"

松宫他们在总公司的工作记录中确实看不出非法解聘的迹象。那么,八岛为什么会对中原香织抱怨公司解聘他呢?

松宫看着两人问:"二位怎么看这次的案件?当然,现在还不能说八岛冬树就是凶手。"

小野田微微低下头,一言不发。这次又是山冈开口:"现在整个制造业的日子都不好过。我们能理解劳务派遣员工的心情,可是因为合同终止就刺杀对方公司的人,简直太过分了。这种事情绝对不能原谅!"

"假定八岛就是凶手,你们觉得除了合同终止,他还有其他的作案动机吗?"

山冈使劲摇摇头说:"这我们就不清楚了。谁知道劳务派遣员工的脑子里都在想什么。毕竟,我们和他们几乎没什么接触。"

这些回答一点都不出松宫的预料,可他还是能感觉到这些人丝毫不想和这起案件沾上关系。松宫合上笔记本,说:"我能看看车间吗?就是八岛的工作场所。"

山冈和小野田都露出困惑的神色。

"行倒是行,不过现在的车间和那时已经不一样了,生产的产品也不一样。"

山冈话音刚落,松宫立刻回答"没关系",站了起来。

两人带着松宫向车间走去。走出办公室时，他们递给松宫一顶安全帽。

"您要是出什么问题的话，可是我们的责任。"山冈郑重其事地说道。

刚才一直能听到车间里传来机械声，踏入车间的瞬间，机械声的音量扩大若干倍扑面而来。巨大的马达声、机床声夹杂着气流声在天花板、墙壁上回荡。

车间里摆着多台机器，很多工人在机器之间忙碌着。除此之外，还有传送带连接起来的生产线，装着木质货盘的叉车从不算宽的过道上穿梭。

山冈和小野田在一条生产小金属零件的生产线前停住脚步。工人们面朝传送带，沉默地工作着。

"这就是八岛当时工作的地方。"山冈在松宫的耳边说。

松宫点了点头，注视着工人们的动作。生产线上，零件源源不断地输送过来，工人们一刻也不能停手。他们互相离得很远，没有人交头接耳。

简直就像机器的一部分，松宫心想。

他们身边的一名工人突然慌慌张张地蹲了下去，不知要干什么。

"喂！"小野田大声喊道。

那名工人回过头来，好像吓了一跳，安全眼镜下的眼睛瞪得浑圆。紧接着，他按下身边的一个红色按钮。一阵气流声响起，传送带停了下来。那名工人看着山冈和小野田，缩了缩脖子表示歉意。

"怎么了？"松宫问。

"没什么。"山冈说,"您还想看看其他地方吗?"

"嗯……"松宫正考虑着,车间里响起一阵铃声。同时,机械声渐渐停了下来。工人们纷纷离开工作岗位。

"午休时间到了。"山冈说。

松宫看了看手表,已经是中午了。"那正好,我想和八岛的工友们聊聊。"

"啊……"山冈的脸色毫不掩饰地沉下来。

"那帮人互相之间都不熟的。"小野田也一脸不高兴。

"没关系。拜托您了!"松宫低头请求道。山冈苦着脸叹了口气。

车间的角落摆着旧会议桌和椅子,工人们正准备吃饭。他们吃的大多是便利店的盒饭、三明治之类。

松宫做完自我介绍后说:"请你们边吃边听我的问题吧。"可是,谁也没有开始吃饭。

"你们谁和八岛比较熟?""八岛有没有说过有关公司和青柳武明的话?""八岛工作期间,有没有什么奇怪的行为?"松宫一连问了好几个问题,可是没有一个人有反应。大家都沉默着,像是没听见他的问题,脸上也没有任何表情。所有人都默默看着面前的食物,用相同的姿势保持沉默,看上去就像一群等着吃食的温顺的狗。

"看,我说得没错吧?"山冈在旁边说,"他们之间没什么来往,所以您问这些也是白问。"

松宫没回应,又环视了一遍所有工人。大家都垂着眼帘,只有一个人看着松宫。那人看上去二十五六岁,脖子上搭着一条毛巾。他的视线迅速从松宫脸上移开了。

"我明白了。"松宫对山冈二人说,"如果有人想起什么线索,请和我联系。"

"好的,那是当然。抱歉,没帮上什么忙。"山冈如释重负地说道。

三人刚走出车间,松宫突然站住了。"啊,糟了!"

"怎么了?"山冈二人奇怪地看着他。

"看生产线的时候,我把笔记本放在身边的架子上,一不小心就忘了。我去拿一下。"

"您记得在哪儿吗?"山冈问。

"记得。我一会儿再回来。"不等山冈回话,松宫直往车间走去。

当然,忘拿笔记本只是个借口。刚才那个脖子上搭着毛巾的年轻人引起了松宫的注意,松宫想去问问他的手机号码。年轻人的眼睛分明告诉松宫,他有话想说。

恰巧那个年轻人正从过道对面往这边走。看到松宫,他向周围看了看,然后一路小跑过来。

"你有话要说吧?"松宫问。

年轻人点点头说:"出了工厂向右拐,大约走三十米有个投币停车场。请你在那儿等我,我随后就来。"

"好的。你叫什么名字?"

"回头告诉你。"年轻人语速飞快地说。他用毛巾擦了擦嘴就跑开了,生怕周围的人看见他的举动。

松宫走出车间,来到办公室。山冈正和一名身穿褐色西装的方脸男子说话,看见松宫,便同那男子一起走过来。

"向您介绍一下,这位是我们厂长。"

"我姓小竹。"方脸男子掏出一张名片,名片上写着"小竹芳信"。

"我从年轻时就受青柳先生照顾,和他的家人也很熟。今天早上还去他家拜访了。唉,真是太可怜了。"小竹一脸沉痛地说道。也许他确实发自真心,可看上去有些像演戏。

"您知道八岛冬树这名派遣员工吗?"

"这个……"小竹双手叉腰,皱着眉头说,"我完全没有印象。派遣员工太多了,变动也很频繁,我实在没法一一记住。"

"我们厂长负责掌控大局。"山冈从旁边插嘴道。看他那副样子,松宫便知他平时肯定是小竹的跟班。

松宫向他们道了谢,走出办公室。出工厂后右拐,果然看到了投币停车场,但没看到那个年轻人的身影。旁边有自动售货机,松宫买了瓶可乐。

可乐快喝完的时候,年轻人来了。他用毛巾把脑袋包了起来。

"你喝点什么?"松宫指了指自动售货机。

"不了,我得赶快回去。"年轻人说,"不过,虽然我现在不喝,还是谢谢你请客。"

松宫一时没明白年轻人的话。看到对方难为情的样子,松宫明白过来。他苦笑了一下,掏出钱包问:"你想要什么?"

"嗯……茶。"

瓶装日本茶有三百毫升和五百毫升两种,松宫毫不犹豫地买了大瓶的,递给年轻人。"太好了!"听到年轻人的话,松宫明白了他有多么辛苦。

他们并排坐到角落的长椅上。年轻人说他姓横田。

"我和八岛是一起进厂的,所以我们说话格外多一些。科长说我们之间没什么来往,其实不是这样。我们这些劳务派遣员工之间要是互相不通气,根本活不到今天。"

"可是,刚才怎么没人说话?"

横田耸了耸肩,说:"要是得罪了科长和班长就完了,马上就会被开除。"

"八岛做过什么得罪他们的事情吗?"

"那倒没有。他是因为别的,是事故。"

"事故?他工作中出现过事故?"

横田点了点头。"你知道联动报警器吗?"

"联动报警器?不知道。"

"是一种安全装置。比如,在生产线上工作的时候,不小心触碰正在运转的机器是非常危险的,所以会在机器上罩上盖子。如果盖子的门打开,机器就自动停止运转。这样的装置就叫联动报警器。"

"明白了。这种装置非常有必要啊。"

"不过在很多地方,这种装置只是摆摆样子。"

"摆摆样子?"

"就是根本不会用到这种装置。如果有点小问题就把机器停下,没法提高工作效率。特别是在生产线上,各种机器都是联动运转的,一旦启动联动报警器,其他机器都得跟着停下来。所以,就算有零件卡到机器里,机器还是照样运转,工人只能赶快徒手把零件拿出来。"

"啊？这样也太危险了。"

"是很危险。虽然操作指南上没明写，但是这早已成为不成文的规矩。我们都觉得这是不合理的，可是作为派遣员工，哪轮得着我们说话？而且，要是不遵守这条不成文的规则，肯定会被开除。我们就是这么惨。"

松宫想起刚才在车间里看到的情景。蹲下去要干什么的工人被小野田呵斥了一声，按下了停止机器运转的按钮。看来在这家工厂，联动报警器也不过是摆摆样子。只是当时车间里有外人，所以他们慌忙让机器停了下来。

"八岛的事故和这个有关系？"

"何止是有关系，就是因为这个。"横田轻轻摇了摇手里的瓶子，"按说添加原料的时候，应该让机器依次停下来，但实际上工厂并不会这样做。工人都是就近站在台子上，脚跨正在运转的传送带往里面添加原料。这简直成了一项不能公开的技术。"

松宫紧紧皱着眉头。他是外行，但也能感觉到这样的举动有多么危险。"所以发生了事故？"

"没错。八岛工作服的裤脚被传送带缠住了，他摔到了地上。当时我就在旁边，看得很清楚。"

"他当时伤势如何？"

"没什么明显的伤口，但他的脑袋好像被撞了一下，动不了了。当时他昏厥了差不多五分钟。醒来后，他说头很晕。班长和科长飞快跑来，和他谈了几句，让他先回家了。我记得那之后八岛休息了大约一周。后来我问他，他说脖子疼得动不了。"

"脖子……他去医院了吗？"

横田咧了咧嘴，摇摇头说："听说没去。"

"为什么？"

"他说嫌麻烦。劳务派遣公司和他联系了，说他要去医院也行，但不能说是因为在工作中发生了事故，让他找个别的理由。而且，也不能给他申请工伤保险。"

"啊？为什么？"

"这是常有的事。金关金属公司给劳务派遣公司施加过压力。如果工人申请工伤保险，工厂会被调查，无视联动报警器的事情不就露馅了吗？如果不申请工伤保险，去医院只能自己掏钱。所以八岛就不想去医院了。"

"……原来是这么回事。"

"工厂没有再和他续约，肯定也是因为这件事。工厂怕他乱说，给公司找麻烦。"说完这些，横田问："现在几点了？"

松宫看了一眼手表。"快十二点四十了。"

"糟了！"说着，横田站了起来，"我得回去了。这个，谢谢你。"横田举起手中的瓶子。

松宫也站了起来。"谢谢你告诉我这些。"

"听说八岛刺杀本部长的消息之后，我觉得应该把这些话说出来，因为，我多少能理解他的心情。"

"嗯，我们会参考你提供的信息。"

"再见。"说完，横田跑了起来。目送他的背影离开后，松宫也向外走去。

回到东京站后，松宫给加贺打了个电话。一接通，加贺就问:"国立工厂的情况怎么样?"

"我了解到一个重要情况。你那边怎么样?"

"还行。又发现了一家青柳去过的店。"

"真的?什么店?"

"一家老字号咖啡厅。现在我正在这儿喝咖啡。"

"我马上过去,你把地址和店名告诉我。"松宫掏出笔和本子。

那家咖啡厅也在甘酒横丁。松宫赶到那儿,只见是一栋砖瓦结构、木质窗棂的房子,让人过目难忘。松宫正以为这是一家昭和年代[①]的店时,便看到店铺的招牌上写着"大正[②]八年创业"。

加贺正坐在临窗的位置。松宫点完咖啡后,坐到了他对面。

"这家店的气氛不错嘛。"松宫环视了一下店内说道。这里的顾客看上去要么像是上班族,要么像是住在附近的老人。

"这家店很有名,是旅游手册的必荐之地。"加贺说,"据店员说,大约两周前,青柳来过这里。在此之前,他基本上一个月来一次。店员记不清他第一次来是什么时候,大概是今年夏天之前。"

"这么看来,他果然常来这附近啊。可是他的家人却没有一点头绪,他来这儿也不是因为工作。他到底来干什么?"

"不知道。也许只是感兴趣吧。"

"兴趣?"

"据说青柳有时边喝咖啡,边看地图,看的好像是这里的旅游地图。这片街区是散步的好地方,也许他只是无意间发现了这种乐趣。"

---

① 约为1926年至1989年。
② 大正元年为1912年。

"你说得有道理。不过，青柳的工作单位在新宿，家在目黑，他绕的弯子也太大了吧？"

这里，松宫的咖啡端来了，一股浓香扑鼻而来。他先小啜了一口没加糖和奶的原味咖啡，一种恰到好处的苦味让他全身的细胞都打了个激灵。"真香！"他情不自禁地赞叹道。

"让我听听你的成果吧。你不是说了解到一个重要情况吗？"加贺叫了咖啡的续杯，说道。

"我这趟太有收获了，查清了案件的背景。"松宫确认了一下四周没有人在听他们说话，探身说道。

松宫将从横田那儿听到的话大致复述了一遍，这时加贺的咖啡恰好端来了。加贺把奶倒入咖啡，用匙子慢慢搅拌好后，把杯子端到嘴边，脸上正是他思索问题时的一贯表情。

"原来是瞒报工伤……"放下咖啡杯，加贺轻声说，"最近，企业里这样的事情很常见。"

"中原香织说过八岛就是因为脖子的问题，左手都麻了。如果这都是工厂事故留下的后遗症，八岛当然会怨恨金关金属公司，而青柳正是生产现场的总责任人。八岛见青柳，是想让公司再次雇用他，要不然他就要把瞒报工伤的事情公之于众。但是他们的谈判破裂了，八岛一怒之下，刺杀了青柳……这样的推测难道不合理吗？"

"不，不是不能这样推测，但有一点讲不通。"

"八岛为什么带着刀？这一点我也觉得很奇怪……"

"刀是一个疑点，但我觉得奇怪的是这个。"说着，加贺举起咖啡杯。

"咖啡？"

"青柳在咖啡厅买了两杯饮料。按照你刚才的推理，是八岛找青柳有事，并不是青柳主动找八岛。一般来说，掏钱买饮料的应该是有事相求的一方。"

这个怀疑确实很尖锐，但松宫很快就想出了反驳的话。"青柳被人抓住了把柄，可能想笼络一下八岛，所以请他喝杯饮料也没什么奇怪的。"

"也就是说，那时两人已经谈到瞒报工伤的事情了？"

"应该吧。如果不知道八岛找他有什么事，青柳是不会和八岛去咖啡厅的。"

"那我们来考虑一下青柳当时的心情。一个年轻人突然找他说瞒报工伤的事情，他肯定有些措手不及，心里不太痛快吧。你说呢？"

"没错，他肯定高兴不起来。"

"可是，青柳递给店员两千元时，却轻声说了一句'很少见吧'。一个有心事、情绪不高的人会这样吗？"

松宫恍然大悟，觉得确实如此。这次他想不出反驳的话了。

"不过，这世上什么样的人都有，也不能绝对地说这一点可疑。"加贺美美地喝了一口咖啡，放下杯子，"总之，你今天的收获很大，现在赶快回本部汇报吧。"

"恭哥你呢？还要在这附近转？"

"不，我要去一个地方。"加贺看了一眼手表，确认了一下时间，"我要去一所初中，就是青柳的儿子曾就读的修文馆中学。"

"哦。"松宫点了点头，"你是说青柳手机里的那个通话记录吧？那是案件发生前好几天的事，会和案件有关系吗？"

"可能没什么关系，但我得去摸摸情况。这种小事就不劳驾搜查一科的精英了，我一个人去。"加贺喝光杯中的咖啡，站了起来。

10

灵位上的遗像是一张青柳武明身穿高尔夫球服、面带笑容的照片。这是家里的三个人商量的结果,因为"这张看上去最开心"。其实,武明并不是那么爱打高尔夫球。

灵前守夜从晚上六点开始。在僧侣的诵经声中,陆续前来吊唁的人排着队依次进香。

遗体送回的时间比他们预计的要早,所以从今天早上开始就一片忙乱。小竹安排的殡仪公司的人来了,但史子依然什么事都拿不了主意。本来陪着一起商量的小竹说警方在国立工厂调查,不到中午就先走了。殡仪公司的工作人员鼻梁上架着眼镜,看上去一副老奸巨猾的样子,后面的事情,都是他怎么建议就怎么办。当然,悠人也丝毫不懂殡仪费用的行情,在旁边听着的时候,总觉得多多少少被坑了。

不过,协商结束后,殡仪公司工作人员的动作相当专业,一切都是流水作业。悠人他们换好衣服回到灵堂的时候,入殓的准备已经做好了。此刻,他们又一次面对武明的遗体。遗体已经完全看不出解剖的痕迹,看上去非常安详,脸色甚至让人觉得比在医院时还要好。

很快,亲戚和公司的人都来了,大家一起忙碌着。听到他们的交谈,悠人才知道,决定葬礼上的进香顺序原来是这么复杂的一件事。

傍晚时分,小竹回来了,他很麻利地安排下属去做接待和记账的工作。史子依然是殡仪公司的人让她干什么她就干什么。看着这一切,悠人突然想起以前看过的一本书上说,举办葬礼就是为了不让遗属有时间悲伤。

吊唁的人中有悠人的高中同学。他给真田和杉野发过邮件,告诉他们守夜的事情。他们走过时,悠人怀着感谢的心情向他们鞠躬。

悠人初中时的朋友也赶过来了,那些人大部分都是当时游泳社的伙伴。站在他们身后的是游泳社的顾问糸川。他还是老样子,两厘米左右的短发,夹杂着少许白发,肌肉紧绷的身体和悠人他们毕业的时候几乎一模一样。

进香告一段落后,史子向大家寒暄致意,守夜结束了。亲戚和公司的人都去了隔壁房间,那里准备了酒和简单的饭菜。悠人也往那边走,但在走廊停下了脚步。他看到糸川和游泳社的伙伴们正站在那里,杉野也和大家在一起。

"小青,你怎么样?有没有好好吃饭?"杉野迎过来说,表情很像个大人。

"放心吧,我已经没事了,只能接受现实。反正人死不能复生。"

"那个男的怎么样？还没恢复意识？"

他说的应该是那个姓八岛的嫌疑人。

"可能吧，警察什么也没说。"

"是吗？那，情况会怎样呢？那家伙会恢复意识吗？"

"不知道，警察什么也没对我们说。"

游泳社的其他伙伴也围了上来，纷纷安慰悠人。"谢谢大家。"悠人重复着这句话。

有个姓黑泽的伙伴气得表情扭曲，说道："真可恶！那个凶手还在昏迷，被车撞了也是自作自受。他要是就这么死了，也太轻饶他了。他要是死了，就没法报仇了。"

"我没想过报仇，倒很想听听他会怎么说，到底为什么刺杀我爸。现在我怎么也想不通。"

"是啊，我们也这么说呢。为什么偏偏要刺杀小青的父亲？这世界上可有可无的大叔有的是，可他为什么……"

看起来，黑泽是发自内心地感到气愤。那股焦躁的情绪强烈地感染着悠人，他想朋友果然是值得珍惜的。

"你受苦了，青柳。"糸川走了过来。

"老师……谢谢您今天特意过来。"悠人向初中时的恩师低头致意。

"我刚从杉野那里知道这个消息时，大吃一惊，真是太可怜了。你一定要挺住，还有我们呢。有什么困难尽管和我们说，我们一定会尽力帮你。"

这番铿锵有力的话语听上去丝毫不像客套话。确实，当初在游泳社的时候，面前的这个人总是站在悠人他们这边。

"谢谢。"悠人又说了一遍。

除了杉野，悠人已经很久没见游泳社的伙伴们了。那时社里一共十个人，今天大部分人都来了。大家都想好好聊聊，但今天这个场合实在不合适。于是，悠人把大家一路送到玄关。

伙伴们都走了，不知为何糸川老师却站在那儿没动。他看了悠人一眼，说："现在方便吗？耽误你一小会儿。"

"好。"悠人答应着，心中浮起一阵不安。

两人走到大厅的角落，并肩坐到长椅上。

"最近，你和你父亲怎么样？交流多吗？"

"您是说……交流？"

"是啊。我记得你初中的时候说很少和父亲见面。"

"嗯，那时我爸在国立工厂上班，有时候不回家住。"

"所以我问你最近怎么样，和你父亲交流过吗？"

悠人沉默不语。他不知道该如何回答这个问题，而且，他有些介意糸川为什么这样问。

"几天前，你父亲往学校打过一个电话，说想聊聊你的事情。"

"啊……怪不得。"

"什么？"

"昨天来的刑警也是这么说的，说我爸的手机里，有一条打给修文馆中学的通话记录。"

糸川点了点头，说："是有这么回事。今天，日本桥警察局的刑警也为这事来学校了。"

"是吗？"

"当时你父亲在电话里说，最近和你的关系不太好，有些烦恼。"

"我爸和您说这个……"

"你父亲好像认为，比起你的高中老师以及初中班主任，我更了解你的情况，所以说想和我谈谈。当然，这让我觉得非常荣幸。"

悠人想，父亲倒是想对了一部分，班主任老师确实不明白我的心思。

"你父亲说以后见面好好聊一下，然后就挂断了电话。没想到再也没有以后了。所以，我很不放心，你和你父亲之间是不是有什么事情？青柳，到底怎么回事？现在可能已经无济于事了，但如果有什么事，你就说出来吧。"

"没有那样的事。"悠人的表情放松了许多，摇了摇头，"其实没什么，我和我爸关系不好，也不是一天两天的事了。不过，确实没什么特别的事情，只不过是我爸嫌我学习不好，我又烦他老拿这事说我，就这么简单。"

"哦。"糸川轻轻点了点头，盯着悠人。他那锐利的目光和以前一模一样，给人一种无形的压力：别想用蹩脚的谎言糊弄我。但是不一会儿，他的目光就柔和了下来。"既然你父亲已经去世，以后就要看你的了。也许是多此一举，但我还是想告诉你，你父亲确实非常担心你。"

"嗯，谢谢您特意告诉我。"

"那，你多保重。"糸川拍了拍悠人的肩膀，向玄关走去。

悠人来到招待守夜客人的房间。二十叠①的和室里摆着几张

---

① 日本面积单位，1叠约为1.62平方米。

矮桌，亲戚和公司的人正在吃寿司、喝啤酒。

外婆和舅舅围坐在史子身边安慰着她，遥香也在旁边。悠人坐到那张桌子旁。

"悠人，以后的日子可能会很难，但你一定要挺住。大家都会帮你们。"舅舅往悠人的杯子里倒着果汁，"你肯定担心将来的事情吧。放心，我会帮忙的。"

舅舅说的应该是考大学的事情。"麻烦您了。"说着，悠人恭敬地对舅舅低头致意。

小竹等公司的人又一次过来致意，纷纷说着他们是多么受武明的照顾。有个姓山冈的人甚至说，如果不是在青柳本部长手下工作，估计他早就从公司辞职了。

终于，前来吊唁的人都回去了，只剩下悠人他们。今天晚上他们三个人要留在这里，所以特意带来了换洗衣服。

遥香说她想再去看一眼灵堂，悠人陪她一起过去。昏暗的会场前面摆放着灵柩，旋涡状的贡香在灵柩前升起袅袅烟雾。

"守夜也好，葬礼也好，都累得让人心烦。不过大家都对我们很好，我心里好受多了。学校的朋友也来了好多。"遥香抬头看着武明的遗像，"能听到公司那些人的话，真是太好了。原来爸爸是这样一个受人尊重的人。"

"在这种场合，他们当然不会说老爸不好。"

"我当然听得出是不是客套话。"遥香瞪了悠人一眼，"我以前真应该多和爸爸说说话，爸爸肯定还有很多我不知道的优点。"

什么呀，简直一副好学生的口气——悠人差点脱口说出这句话，最终还是咽了回去。也许是吧，他转而这样想道。

第二天仍然是一大早就开始忙起来了。公司的总经理和董事们都过来表示慰问，吊唁的客人比昨天晚上多出不止一倍。悠人高中时的班主任真田老师也来了。"加油！"他对悠人说。平时没什么来往、难得一见的邻居们也都来了。大家说的都是些场面话，但是满含鼓励的话语让悠人感到一阵阵温暖。

史子发言后，开始出殡。悠人抱着武明的遗像走在前面，抬棺材的是舅舅他们。

去火葬场的只有他们三人和亲戚们。亲眼看到棺材被火葬炉吞没的那一瞬间，悠人突然觉得胸中堵着的一团闷气散开了。他终于真正接受了父亲已永远地离他们而去这个现实。必须振作起来，悠人又一次这样想道。

遥香和史子可能也同样感到了解放，在等待火葬的这段时间里，她们始终用平静的表情和亲戚们说着话。史子不时还会眼泛泪花，但也不时露出笑容。

收完骨灰后，他们又回到灵堂做头七的法事，然后设宴招待僧侣和亲戚们。这些都结束后，史子再次向大家致辞。她先对大家表示感谢，最后说："从今天开始，我们三人会齐心协力好好生活下去。我会负起责任，好好抚养两个孩子。以后还请大家多多关照。"史子的表情冷静而坚强，看上去非常可靠。守夜和葬礼不仅会让遗属从悲伤中解脱出来，还能让人变得坚强，悠人心想。

送走亲戚，悠人他们终于回到了家，然而，还有很多事情要做。首先，要在家里布置祭台。按计划，殡仪公司的人过后会把相关物品送来。

悠人正在整理随身物品,突然听到走廊传来了说话声。一方是史子,另一方没听出是谁。

悠人推开门,悄悄向外面看去。只见史子和两个年轻男人站在那里说话,其中一人的脖子上挂着相机。

"这些事情我们不清楚,请你们去问公司。"史子的声音听上去很不高兴。

"夫人,也就是说您没听您丈夫提过这些事情,是吗?"没拿相机的那个男人问。

"没有!我已经说过了,我对公司的事情一无所知。"

"那现在听说了这件事情,您有何感想?仍然只怨恨凶手吗?"

"这个问题……我无法回答。总之,请你们立刻离开这里。要不然我报警了!"

"好吧,我们回去。不过,也请您明白,我们只是想让遗属知道事情的真相而已。"说完,男人对同伴使了个眼色,两人一起离开了。

史子双手摁着太阳穴,好像要使劲压住头疼。

"怎么了?"悠人问。

史子长叹一口气。"那两人胡说八道,问我知不知道刺杀你爸的人是公司为了瞒报事故而辞退的,还说那人因为那起事故留下了后遗症。"

"什么?这种事和老爸有什么关系?"

"他们说是你爸下令隐瞒事故的。还说那人是为了报仇,所以刺杀了你爸。"

　　悠人深吸了一口气。他想怒吼,却一句话也想不出来。

　　不安的情绪在他心中慢慢升起。

11

"八岛毕业的高中又乱又差，在整个福岛县都很有名。很多学生就算没加入不良少年的团伙，也会随身携带刀具用于防身。据福利院的人说，他们不让孩子们携带这些危险物品，但是孩子们还是有可能偷偷携带。"

听完侦查员的汇报，石垣一脸失望，使劲挠着后脑勺，伤脑筋地说："可是，现在并没有发现他持刀的证据。刀具销售途径那边的情况如何？"

坂上站了起来，表情比石垣还要失望。"用于行凶的刀销售于五年前。也就是说，如果刀是八岛的，那他是来东京以后得到的。网上销售这种刀的公司在岐阜县，他们提供了购买者的名单，但其中没有八岛。最初的购买者有可能通过网络转让了这把刀。总之，要确认八岛是怎么得到的非常困难。"

石垣眉头紧锁，嘬着下唇。"只要找到刀和八岛的关系，就万事大吉了。这样即便八岛不能恢复意识，也能结案。"

像往常一样，外出归来的侦查员们正围着石垣汇报情况。现在刚过晚上八点。

今天，松宫和加贺这一组负责在江户桥和滨町绿道公园之间巡查，目的是寻找八岛的目击者，确认他的逃跑路线。

然而，到现在为止，他们还没有发现有人见过八岛。这片街区到了晚上仍然行人不断，如果没有什么特别引人注目的行为，一般很难被别人记住。

不过，他们并非毫无收获。他们在寻找八岛冬树的目击者的同时，也在寻找青柳武明去过的地方。这次，他们又发现了一家青柳武明去过的店铺——一家位于人形町路的荞麦面店。拉开拉门进去，狭窄的过道两侧摆着几张桌子，最里面是围着柜台的座椅。

据店员说，青柳武明应该来过两次。店员记不清他当时吃了什么，但清楚地记得他临走时夸店里的饭菜好吃。难得到这儿，松宫和加贺决定在这家店吃午饭。松宫点的是盖浇荞麦面。面条筋道、汤汁浓郁，果然非常美味。

看来青柳武明确实常常出入人形町，但这当中的理由还不得而知。

负责观察葬礼情况的侦查员开始汇报，他还穿着参加葬礼的丧服。据他说，今天去吊唁的人比昨天守夜的人多了不少，但没有发现什么异常情况。

其他侦查员汇报的情况，对案件的进展也没有什么帮助。

"八岛的情况仍然没什么变化。这家伙到底是能醒过来，还是会一命呜呼，倒是快点给个结论啊。"石垣叹着气说。

虽然这话听上去不够慎重，但松宫也是这样想的。周围的刑警们也都默默地点了点头。

"可以说他的作案动机是心怀怨恨吧?"小林问。

"怎么不可以?松宫调查到的信息很有说服力,瞒报工伤应该是事实。当然这还需要确切地取证,但这些事情会有专门的机构进行详细调查,我们只要用他们的信息即可。"

石垣说的"专门的机构"是指劳动基准监督局。昨天警方已经向该机构通报了金关金属公司的国立工厂可能存在瞒报工伤的现象,对方回复说将立刻对此事展开调查。

"马上就要有孩子了,却迟迟找不到工作,焦急万分的八岛决定拿瞒报工伤这件事当把柄,要挟对方再次雇用他。是这么回事吧。"小林抬头看着天花板,嘟囔道,"不过,这样的推断过于简单了。瞒报工伤,会受什么程度的惩罚?"

"五十万元以下的罚金。"松宫回答。这是他昨天调查到的。

小林哼了一声。"这么点事就想威胁别人?看来只能问问他本人了,不过……"

"是啊。关于作案动机,只能问他本人。"石垣说,"关键问题还是那把刀。明天调查工作的重点仍然是收集目击信息和与凶器相关的情况,大家就这么办吧。"

"是!"松宫等人齐声回答。

松宫看了一眼加贺,只见他正在稍远处凝视着电脑和装证物的文件夹。

不一会儿,加贺急匆匆起身走出房间。松宫赶紧追了上去。

"加贺!"松宫在走廊上喊住他,"你直接回家?"

加贺犹豫了一下,耸耸肩说:"我要是不呢?"

"你肯定要顺道去哪儿。"

"算不上顺道,只是去吃个晚饭。"

"真的只是吃个晚饭?"

"嗯,还有别的目的。"加贺挠了挠高高的鼻梁。

"我就知道。我也去。"

两人出了警察局,向北走去。沿着昭和路,过了案发的地下通道,又过了江户桥。从那儿向东是他们此前一贯的路线,这一次加贺却沿着昭和路继续向北走去。

"为什么要朝这边走?和人形町的方向正好相反。"

"别说话,跟着走。"

过了本町二丁目的路口,他们在第二个路口右转。拐角处有一家和纸专卖店,楼上像是博物馆。这儿果然是老店林立的街区,松宫再次感受到了这一点。

往前稍走几步,左边有一个小祠堂,祠堂前面是一座鸟居。日本桥周边神社颇多,这是松宫在这次调查工作中了解到的。

加贺在一家店前停住了脚步。松宫看了一眼店铺的招牌,吃惊地说:"又是荞麦面店?"

"青柳如果喜欢吃荞麦面条,可能会尝尝各家店的味道,这没什么奇怪的吧?"

"你就为这个特意跑一趟?"

"你如果嫌烦,回去就是了。"

荞麦面店的名字是"红梅庵"。加贺推开门走进去,松宫也紧随其后。

店内非常宽敞,上座率大约有三成。几乎所有客人都在喝啤酒或清酒，看来荞麦面是最后的重头戏。

两人被带到里面的桌子旁，随后点了几样下酒菜和啤酒。店内只有一名女店员跑前跑后地忙碌着，看上去没有工夫停下来说话。

啤酒和小菜端上来了。加贺麻利地拿起酒瓶，倒好了酒。

"辛苦了！"两人碰了一下杯，开始喝酒。

"恭哥，你是怎么想的？"

"什么事？"

"当然是这次的案件。凶手就是八岛，作案动机就是刚才小林说的那样——真的可以这样结案吗？我看头儿们就准备这么办了。"

加贺掰开筷子，夹了一点腌海鲜，放入嘴里。"好吃。"他低声自语，又喝了一口啤酒。

"上面的人怎么想，不需要我们下面的人考虑。我们需要做的，就是找到事实。抛开一切固有观念和成见，只将事实找出来。这样做，常常会有出乎意料的发现。"

"你是说案件背后隐藏着出人意料的真相？"

"怎么说呢……"加贺歪着头想了想，向前探了探身，"你好像误解我的意思了。和你说吧，我也认为八岛最有可能是凶手。小林主任分析的作案动机很有说服力，但仅仅证明了这些，整个案件就解决了吗？我并不这么认为。如果不能查清青柳出入这片街区的原因，对那一家人——青柳的家人来说，这件事情就没有结束。"

"这也是刑警的工作吗？"

"我是这样认为的，但你可以不这么想。"

菜端上来了，加贺眼睛一亮。"看上去都很好吃啊。"

松宫夹起一块明太鱼籽馅的藕盒。两种食材的味道相得益彰，口感极好。

"有一点很奇怪。"加贺说，"昨天我不是和你说过，我去那所初中了吗？"

"青柳儿子的初中？对了，这件事我忘了问你了。是修……"

"修文馆中学。青柳的电话是打给一位姓糸川的老师的，那是游泳社的顾问。青柳的儿子以前就是游泳社的。糸川说，青柳在电话里说最近和儿子的关系不太好，所以想和他谈谈。"

"青柳有这样的苦恼？"说完，松宫喝光了杯里的啤酒。

加贺一边给松宫倒酒，一边说："你不觉得奇怪吗？如果他有这样的苦恼，一般而言，应该先找别的人商量吧？"

"你是说班主任？不见得吧。对于参加社团活动的人来说，顾问的地位可非同小可。"

加贺摆了摆手。"这我当然知道。我是说，一般而言，应该先和孩子的母亲，也就是自己的妻子商量一下吧。"

"啊，"松宫轻呼了一声，"确实是这样……"

"然而他妻子完全没有提过这些，甚至可以说，从他家人的话来看，青柳好像对家人并不关心。为什么会这样呢？"

松宫凝视着半空。"确实很奇怪。"

"青柳为什么最近突然急于和老师商量孩子的事情？为什么他不和妻子商量呢？"

"是啊。悠人……是这个名字吧？直接问问他怎么样？"

"这也是一个办法，但还是观察观察再说吧。如果他真的知道什么却故意不说，肯定有他的原因。要是不小心刺激到了他，他的嘴巴可能会闭得更紧。他这个年龄正是不好相处的时候。"

松宫苦笑了一下，想起加贺曾经当过很短一段时间的中学老师，这事他有发言权。

"点荞麦面！"加贺向店员招呼道。点好两份笼屉荞麦面后，他给店员看青柳武明的照片。

"嗯……"中年女店员歪着脑袋思索着，"我记不清每一位客人的长相。"

加贺也让店员看八岛冬树的照片，店员也说没有印象。

松宫付了钱，两人走出荞麦面店。

"给我看看小票。"加贺说。

"给。"松宫把小票递给加贺。

小票印刷得很模糊，红梅庵的"红"字难以辨认，电话号码也几乎看不清楚。

"连这儿都来了，可惜却是白跑一趟。"松宫用挖苦的口气说道。

加贺丝毫没有回应他的意思，只是死死地盯着小票。"不，没有白跑。我猜对了！虽然刚才那位大婶不记得了。"说着，加贺掏出手机，单手摁键，手机上随即出现了一个画面。加贺把小票和手机一起放到松宫面前。

"啊！"松宫惊呼了一声。

手机液晶屏上显示的是一张小票的照片，除了日期、金额不一样，其他和加贺手里的小票一模一样。

"这是一张在青柳的办公桌上发现的小票。我一直感到有些奇怪，觉得像是荞麦面店的小票。在网上查了一下，发现了这家店。没错，青柳确实来过这里。"

　　松宫再次抬头向店铺的招牌看去。"可是，他为什么会来这里呢？这里离人形町和甘酒横丁都够远的。"

　　"没错，这是一个新的谜。"说完，加贺的视线投向前方笔直道路的尽头。

12

摁停闹钟的闹铃,悠人揉了揉脸。头还有些沉,但这已经是几天来醒得最舒服的一个早上了。他从床上起来,使劲舒展了一下身体,开始换衣服。

家里出事后,今天是他第一天回学校。他很期待和朋友们见面,但想到上课的事又很郁闷。

算了,管他呢。就算打个瞌睡,老师们可能也会体谅我是守夜和葬礼给累的,暂时会放我一马吧。

悠人来到一楼,只见身上系着围裙的史子正在客厅,死死地盯着电视屏幕。

悠人完全用不着问"怎么了",因为电视上闪出的字是"日本桥杀人案的意外真相"。

画面上,一名男子坐在一间昏暗的房间里,脸部被完全遮住,只能看出身上穿的是西装。画面下方打出的字幕是"金关金属公司的某男性员工"。

"现在这种事情太司空见惯了。"一个被处理过的低沉男声响起,"劳务派遣员工就是用完就扔的。即使是因磕碰引起少量出血,也顶多让你用毛巾包一下,不会得到什么特别照顾,更别提什么工伤保险了。一旦申报工伤,工厂无视安全操作的事情就会暴露,工厂是要负责任的,所以不会让你申报。"

"但是,工伤保险并不是由派遣员工的工作单位进行申报,而是由劳务派遣公司进行申报啊。"一位女记者质疑道。

"可是劳务派遣公司怎么敢不听工作单位的命令?派遣员工的工作单位不让劳务派遣公司申报工伤,劳务派遣公司只能乖乖听话。"

"如果因此留下后遗症,应该怎么处理呢?"

"后遗症算什么,还有人丢了命呢。发生了事故却不允许申报工伤,工作现场永远充满各种危险,于是又会发生各种事故。可是,所有这一切都被瞒了下来。"

画面一转,出现了一位面色沉重的男主持人的特写。"原来确实存在这种现象。"

接下来,画面中又出现了一位女记者。"据我们调查得知,因为刚才报道的跌落事故,嫌疑人八岛至少休息了五天。按照规定,休息四天以上,必须进行申报,因此可以认定确实存在瞒报工伤的事实。劳务派遣公司明确告诉嫌疑人八岛,如果去医院,必须隐瞒受伤原因,而且治疗只能自费。"

男主持人回应一声后,照例开始引导各路嘉宾纷纷发表对这起案件的看法。"虽然还不能完全认定嫌疑人八岛就是凶手,但我们可以感觉出来,这起案件不是个人问题,而是另有隐情。"社会差距扩大、弱肉强食、以上欺下——电视嘉宾们的发言正是主持人所期待的。

看着他们煞有介事的模样,悠人的心情越来越差。不过,史子抢在他前面拿过遥控器,关上了电视。

"一派胡言!"史子扔下这句话,去了厨房。

悠人突然发现遥香就站在身后,脸色一片惨白。

"别听他们胡说。"悠人说。

到了学校,朋友们纷纷围上来和悠人打招呼。其中也有参加了守夜和葬礼的同学,悠人再次对他们表示感谢。本来他已经做好了思想准备,担心也许会有人看了今天早上的节目,说些让他难堪的话。结果谁也没提这事,看来没人看过那个节目。

第一节课结束了,接着是第二节课,就这样,悠人再次回到了学校的生活。自己因父亲去世而成为大家安慰的对象,可是对别人而言,生活并没有什么变化,他们继续过着和往常一样的日子。自己也必须尽快融入大家,悠人想。

但是到了午休时间,他和杉野在食堂发现有几个人对他指指点点,不知喊喊喳喳地说什么。

"干什么啊,那帮人。真让人不爽。"说着,杉野向那几个人走去。和他们说了两三句话后,杉野马上回到悠人这边,表情有些闷闷不乐。

"他们说什么?"悠人问。

"奇怪。他们说在网上看到工厂厂长道歉的新闻了。"

"厂长?道歉?怎么回事?"

"等一下,我查查看。"杉野思索着,掏出手机摁了一会儿,随即看着屏幕皱起了眉头。

"怎么了?"

杉野什么也没说,把手机递给悠人。悠人凑向手机,眼前赫然出现了一行字:隐瞒工伤是青柳指示?工厂厂长承认……

13

电视画面上出现了一张熟悉的方脸,正是松宫在国立工厂见过的那位厂长——小竹。不知是因为紧张,还是因为摄像机的灯光太热,小竹汗津津的额头闪闪发亮,他不停低头用手帕擦着额头上的汗。

"是啊,我也认为这样不对。可是,我被告知不这样做就会影响公司的声誉,所以我无法违抗命令,只能按指示行事。"

画面稍微中断了一下,下方的字幕打出一个问题:下令隐瞒工伤的是青柳本部长吗?

"我是从本部长那里接受的指示,至于本部长是从哪里接受的指示,我就不清楚了。"小竹对着伸到面前的话筒说道。

画面切换为新闻主持人。"对于此事,立川劳动基准监督局认为金关金属公司极有可能存在多次性质恶劣的瞒报工伤行为,将对此展开调查。下面播送汇市和股市信息……"

松宫把视线从电视画面移开,叹了口气,说:"媒体的动作也太快了，竟然能刺探到瞒报工伤这件事。"

加贺放下筷子，伸手端起茶杯。"估计不是媒体刺探出来的，而是科长或者理事长放出的口风吧。万一八岛不治身亡，也好按照嫌疑人死亡的流程推进办案。"

"我说呢，估计就是这么回事。"松宫再次动起了筷子。他和加贺正在人形町的一家快餐店搜集信息，顺便在这里解决午饭。

吃完饭，加贺看店里没有其他客人，便叫来了老板娘。他依旧拿出青柳武明的照片，问老板娘是否见过。

五十岁左右的老板娘看着手里的照片，露出了复杂的表情。她好像想起了什么，却在犹豫要不要说。

"有什么问题吗？"加贺问。

"这个人，就是那起案件的那个人吧？"老板娘怯怯地问道。

"他是日本桥杀人案的被害人。您认识他吗？"

"不，我不认识。不过，昨天有位客人说见过这个人……"老板娘的声音越来越小。

"见过？那位客人说过是在哪里见到的吗？"

"在那边的稻荷神社……"

"稻荷神社？"

"笠间稻荷神社，您知道吗？"

"我知道，在滨町那边。那位客人说在那里见过他？"

"那位客人说这个人特别热衷参拜神社，所以他有印象。"

"您说的这位客人常来这里吗？"

"嗯，挺常来的。不过我不知道他的名字，他看上去像公司职员，总是带着下属一起来……"

加贺点了点头，从怀里掏出一张名片。"抱歉，那位客人下次来的时候，您能告诉我一下吗？名片背面有我的手机号码。当然，我不会给那位客人和您的店带来麻烦。"

老板娘接过名片，一脸困惑地说："那我就先拿着吧，不过我可能会忘。我可不知道那位客人下次什么时候来……"

加贺笑了。"没关系，您尽量吧。不过，也请您尽可能别忘了。"

"哎。"老板娘露出模棱两可的笑容，点了点头。

"我看她那个样子，肯定会忘的。"走出快餐店，松宫说，"人那么稳重，一点都不像江户子①。人形町还有这样的人呢？"

"当然，这世界上什么样的人都有。先不说这个，原来是笠间稻荷神社，怪不得。看来是这样。"加贺好像明白了什么，频频点头。

"什么啊？告诉我嘛！"

"你先跟我来。"加贺意味深长地笑了笑，向前走去。

从甘酒横丁向东走，不远处就是八岛冬树当时藏身的滨町绿道公园。今天加贺却从这里径直横穿过去，一直到下一个路口才左拐。

很快，面前出现了一条宽阔的道路，加贺停下脚步。路口左侧有一座石头建成的鸟居，鸟居后面是一座围着墙垣、小巧别致的神社，门口挂着很多红色的长幡，上面写着"笠间稻荷大明神"。

松宫跟在加贺后面走了进去。四下一看，院子里有很多狐狸石像，每个石像的脖子上都系着红布。神殿旁边有一个小小的台

---

① 土生土长的东京人。

子,上面摆着很多护身符、吉祥物和宣传册。看上去即便顺手牵羊也没人管,不过估计没有这么不检点的人吧。

"这是日本的三大稻荷神社之一。"加贺说,"本家在茨城县,这里是东京分社。"

"青柳特意跑到这儿来参拜?"松宫盯着眼前的神殿说道。

"不,恐怕他不仅仅是来这里。"

"……什么意思?"

加贺拿起一本宣传册。"旁边有一家咖啡馆,我们到那里边喝边说吧。"

这是一家古色古香的咖啡馆,里面摆着几张小桌。点完两杯咖啡后,加贺打开了刚才拿的宣传册。

"我想你应该知道,日本桥附近有很多神社。加上一些小分社,估计都数不清这里到底有多少座神社。明治座的旁边也有一座,你知道吧?那也是笠间稻荷神社的分社。"加贺到此赴任并没有几个年头,却是一副对周围地形了然于胸的口气。

"我知道。那又怎么了?"

加贺指着宣传册上印的地图,那上面标着主要神社的地址,其中也有笠间稻荷神社。

"实际上,有'日本桥七福神'这种说法。依次参拜七福神神社是正月里应景的活动,听起来就像神社的职业联盟一样。七福神神社包括——"加贺的手指在地图上移动着,依次念出神社的名字,"小网神社、茶木神社、水天宫、松岛神社、末广神社、笠间稻荷神社、椙森神社、宝田惠比寿神社这八座神社。"

"八座?不是七福神吗?"

"椙森神社和宝田惠比寿神社供奉的都是惠比寿神。不知道为什么这两座神社都在其中，但这件事情无关紧要。问题在于这两座神社的位置很明显和其他神社不一样。你仔细看看地图。"

松宫闻言凝视地图。中间他端起没加糖和奶的咖啡喝了一口，但视线一直没有离开地图。

"啊！"终于，他发现了什么。

"这座宝田惠比寿神社，是不是就在昨天晚上的……"

"没错。"加贺满意地点了点头，"这座神社就在那家红梅庵荞麦面店附近。其他六座神社都离甘酒横丁比较近，但椙森神社和宝田惠比寿神社离得相对较远。特别是宝田惠比寿神社，从交通上看，它离小传马町站和新日本桥站更近。我一直不明白青柳为什么会去那么远的荞麦面店吃饭，但如果考虑到他是在依次参拜七福神神社，就解释得通了。实际上，分析一下我们目前知道的青柳出入过的店铺，就会发现它们基本都没有离开日本桥七福神的巡礼路线。"

松宫抬头看着加贺，点点头说："对，没错！估计这就是正确答案，这正是青柳出入日本桥区域的原因。原来他的目的是参拜七福神神社啊。"松宫不由得提高了音量。

"就算这是正确答案，他到底为什么这样做？这是一个新的谜。如果在正月，可以理解成传统习俗，可是在平常的日子，他多次来这里，肯定有什么特别的理由。"

"他是在祈祷什么吧？热衷参拜神社的话，只有这一种理由。"

"嗯，可能吧。"加贺端起咖啡杯，"脩平，要是你，你会怎么做？如果你有什么心愿，会去神社参拜吗？"

"也不是不会。考大学的时候,我就去参拜过。"

"但那是新年参拜的时候顺便去的吧?你会专门为了这件事情,坚持去神社参拜吗?"

"那倒是不会……"

加贺表情严肃地喝了一口咖啡,放下杯子。"要是把这归结为个人的爱好和处世方式,倒也说得过去。但是,虔诚信神、认为神佛有求必应的人能占多大的比例?有些老年人确实对神佛笃信不疑,但青柳并不是那个年纪的人。"

"恭哥,这你就说得太绝对了。年纪不大但笃信神佛的人也不少,我同学里还有每周去教会的呢。"

加贺思索着说:"我觉得坚持去教会和七福神巡礼,有着根本的不同。"

"那你说青柳这样做是为什么?除了祈祷,还有什么参拜神社的理由?"

加贺眉头紧锁,盯着宣传册说:"为什么会是日本桥呢……"

"嗯?"

"如果是祈祷,为什么要选择日本桥的七福神?他家或者公司附近肯定也有供奉七福神的神社和寺庙。他为什么要来这么远的地方?"

"嗯……可能他觉得这个地方最灵验吧。"

"灵验?要是这么执着,那他果然还是虔诚的信神之人?"

"有可能。"

加贺喝完杯里的咖啡,折好宣传册。"我们去确认一下吧。"

他们离开咖啡厅,走到人形町站乘坐日比谷线,大约三十分钟后到达中目黑站。从车站出来步行约十分钟，就到了青柳家所在的住宅区。这里狭窄的小路纵横交错，一不小心就会走进死胡同，所以需要时时留意。

向青柳家走去时，他们发现路旁有几名男子，看样子是媒体。真麻烦，松宫心想。看到前面的加贺并没有放慢脚步的意思，他跟了上去。

刚走近青柳家门口，果然就有一名男子向他们跑来。那人戴着一副眼镜，看上去有些滑头。

"你们找这家人有什么事？"

松宫伸出一只手阻止他，另一只手指了指自己胸前，意思是这里面装着警察的证件。男子好像明白了他的意思，畏畏缩缩地停住了脚步。

加贺摁了对讲门铃。史子让他们穿过大门直接到玄关，看来是不想让媒体的人看到她。

加贺二人来到玄关前，门静静地开了。史子有些憔悴的脸出现在他们面前。

只有她自己在家，孩子们从今天开始都去上学了。

"您家门口不太安宁啊。"在客厅的沙发上落座后，加贺说道。

"从上午开始就那样。他们好像在等我出门。"史子用托盘端着茶杯，从厨房走出来，"那些人摁我们家的对讲门铃，问我对隐瞒工伤一事是怎么想的。我根本什么也不知道，更不知该如何回答。我也是看了新闻才知道我丈夫做过这样的事。"史子把茶杯放到松宫和加贺面前，一股煎茶的香味弥漫开来。

"您之前也说过，您丈夫在家从来不提公司的事情。"

史子用力地点了点头，流露出申诉似的目光。"新闻上说的是真的吗？我丈夫真的是因为瞒报工伤，才被人刺杀的吗？"

"这个……"松宫看了一眼加贺。

"关于瞒报工伤一事，确实有相关的证人。"加贺说，"但您丈夫和这件事情有什么关系，目前还不清楚。瞒报工伤一事和这起案件是否有关，也没有得到任何确认。"

史子失望地垂下肩膀。"是吗？"她自言自语似的说道。

"其实，今天来打扰您，是想和您确认一件事情。当然，是关于您丈夫的。"加贺说，"您丈夫信神佛吗？"

"啊？"史子瞪圆了眼睛，这个问题太让她出乎意料了，"您的意思是……"

"比如他有什么心愿或者烦恼的时候，会去求神拜佛吗？例如祈祷或者收集护身符？"

"不会。"史子慢慢摇了摇头，"怎么说呢？我丈夫嫌那些事情麻烦。在电视里看到新年参拜的拥挤场面，他也总是笑话人家，说真不知道那些人是怎么想的。为什么问这个？"

"没什么，我只是确认一下而已。"说着，加贺向松宫使了个眼色，示意他准备回去。看来，加贺现在还不想说出青柳武明参拜七福神神社的事。

松宫放下茶杯，站了起来。"今天打扰您了。"

"这样就可以了？"史子很意外。

"是的。谢谢您的招待。"加贺说。

"请问，"史子站了起来，来回看着加贺和松宫，"瞒报工伤，有那么可恶吗？可恶到会被别人仇恨，可恶到必须被别人杀死？"

松宫和加贺对视了一下。

"夫人,"加贺低声说,"瞒报工伤是犯罪,肯定不对,被别人仇恨也是有可能的。但是,这个世界上,没有一个人是活该被别人杀死的。"

史子抿着嘴唇,盯着加贺,泪水从她眼中渗了出来。

"走吧。"加贺对松宫说道。

14

灯光比想象中的刺眼。平日窗户透进来的阳光和照明灯具照不到的地方，此刻都被照亮了，平时注意不到的角落里的污垢赫然映入眼帘。香织心想，早知这样，真该提前好好打扫一下卫生。当然，现在已经来不及了。对方答应她脸部会打马赛克，她也无法再提出不能拍摄房间的要求。刚才听他们的谈话，拍摄房间的模样是他们此行的主要目的之一。

"也就是说，你并不知道他在工厂发生过事故？"一位女记者问道。她长发扎在脑后，五官看上去非常强势。

"是的。他说是从工厂回家的路上，在楼梯上摔的。"香织由着记忆如实回答。

"那时他的伤势如何？"

香织歪着脑袋回忆。"他说没什么事，可是能看出来他很难受。我让他去医院看看，他说睡一觉就好了，结果在被窝里躺了好几天。"

"那时他提到工伤保险的事情了吗？"

"完全没提。"

香织察觉到摄像机正在拍摄她的小腹。她已经告诉他们自己怀孕的事情。听到这个消息的时候，电视台工作人员的眼睛一下子亮了起来。

"在那之后不久，他就被劳务派遣公司告知劳务合同终止，是吗？那关于合同终止的原因，他是怎么说的呢？"

"他说不知道为什么，但也没有办法……"

"那之后他出现了后遗症，是吧？具体来说，他有什么样的症状呢？"

"脖子和肩膀酸疼得厉害……再后来，左手都麻了。其实，他好像早就出现过这些症状，之前我就觉得他身体哪里不对劲。可能他不想让我担心，什么也没和我说。"

女记者使劲点了点头，看上去对香织的回答很满意。

"就是因为这些后遗症，八岛才迟迟找不到工作，对吗？但是，事故的过错在于公司一方，而且因为瞒报工伤，八岛连医院都不能去。对于这件事情，你是怎么想的？"

"这件事情我也是现在才知道。如果真是这样，我觉得简直太过分了。如果当时去医院，我想他就不会那样了……"

"那样？你是说就不会发生这次的案件了，是吗？"女记者将话筒举到香织面前。

"不，我是说，他的身体状况就不会变差了。"

"对这起案件你是怎么想的？瞒报工伤的主谋是金关金属公司生产部的本部长青柳武明。你觉得这件事和这起案件没有关系吗？"

"和这起案件……"香织有些混乱,摇了摇头,"我不知道。反正我认为冬树和这起案件没有关系,他不可能做出这样的事。"

女记者的脸色沉了下来。她皱了皱眉,轻轻抬了下手。"停一下!这样行吗?"她问周围的工作人员。

他们小声商量了几句后,一个戴眼镜的男人走近香织。

"中原小姐,你听我说。你非常相信他,这种心情我们理解。可是,现实情况是他抢走被害人的钱包逃跑了。这样看来,二者不会没有关系。"

"这个……是,你说得对。"

"他确实和这起案件有关系,是吧?"

"嗯……"

"那请你以此为基础回答我们的问题。为什么他会和这起案件有关系呢?他在性质恶劣的瞒报工伤一事中成为牺牲品,这件事和这起案件难道会没有关系吗?"

香织再次陷入了混乱。是的,他们说得没错,冬树是瞒报工伤一事的牺牲品,因为走投无路,才会发生这起案件。香织耳边仿佛又响起了那天晚上电话里冬树的声音,他说:"我干了件大事……"

"这个……我想可以这么说。"

"我就说嘛。你老老实实地回答不就好了吗?不要闪烁其词,你怎么想的就怎么说。来,再来一遍。"

"是。"香织刚回答完,周围的工作人员马上开动了机器。女记者的脸色有些可怕,香织觉得她好像在威胁自己:这次你可给我好好回答!

"对这起案件你是怎么想的?被杀的青柳武明是金关金属公司瞒报工伤一事的主谋。这件事和这起案件没有关系吗?当然,无论出于什么理由,杀人都是不可原谅的行为。"

除了刚才的提问,她又加上了新的话。这次该怎么回答呢?香织完全不知道。要不要请他们先停一下,自己好好想想?可是看到女记者凌厉的眼神,香织吓得哆嗦了一下,她根本无法开口说停。眼下只能不管其他的,先回答问题再说。

"他……他成为瞒报工伤一事的牺牲品,所以会发生那样的事。"

"你是指所以才会发生这起案件,是吧?"

"是。"香织带着迷惑的神色点了点头。紧接着,她听到一声:"好!停!"女记者如释重负地站起来,再没有看香织一眼。

一场莫名其妙的采访结束了,电视台的工作人员离开了这个廉价的公寓房间。目送他们离开的香织手上多了两万元现金,她之所以下定决心接受采访就是为了这个。总之,她现在很需要钱。

昨天,她打工的食品店店长对她说,这段时间不用去上班了。

"听说日本桥杀人案的嫌疑人和你是同居关系?"像面包一样胖乎乎的店长客气地对香织说。

香织闻言大吃一惊。"您怎么……"她从来没有和任何人说过她和冬树住在一起。

店长皱了皱眉,为难地说:"有个女人给我打电话,说她常来我们店买食品。虽然没说名字,但她说住在你们公寓附近,见过你们几次。听说你们的住所被搜查了,是吧?当时她远远地看见了。"

香织低下了头。她清楚地记得住所被搜查时的情景，当时确实来了好多看热闹的人，原来其中也有这家食品店的顾客。这世上怎么总有爱传闲话的人呢？需要援手时却谁也不会来。

"我们是干服务业的，要是传出什么流言蜚语，我们也很难办。所以……"

香织无话可说。如果自己是店长，也只能这么办吧。

香织直直地盯着从信封中拿出的两万元，叹了口气。这笔钱对现在的她而言是一笔巨款，可是并不能解决什么问题。无论如何，得赶快找到挣钱的办法。以前曾有夜总会的人邀她去那儿上班，那张名片还没有扔。冬树不喜欢她做那样的工作，所以她压根没想过，但现在还是联系一下看看吧。

"可是……"香织摸了摸自己的肚子。照现在的身体状况，这种工作也干不长。如果是以前，人家倒有可能雇用自己……

正在这时，矮桌上的手机响了，来电显示是一个陌生号码。香织犹豫了一下，还是接了起来。

"喂？"

"喂，请问是中原香织小姐吗？"电话那头传来一个陌生女人的声音。

"我是。请问您是……"

"这里是京桥中央医院。八岛冬树的病情有变化，请问您能立刻过来吗？"

香织的心脏在胸膛中剧烈地跳动。她全身发热，握着手机的手颤抖个不停。

15

听完松宫的汇报，石垣一边习惯性地晃着腿，一边点了点头。"日本桥七福神巡礼？你们又找到了一条有趣的线索。"

"在搜集八岛的目击者信息时，碰巧发现了这条线索。"

"哦？真的只是碰巧发现的？"石垣的视线离开松宫，移向加贺，接着又转向松宫，"算了，不说这个。总之，这样就弄清楚被害人出现在日本桥的理由了。因此，假如他和八岛相约见面，有可能提出去日本桥的咖啡厅。"最后，石垣又加了一句："干得不错！"

"现在的问题是他为什么会进行七福神巡礼，嗯……"

石垣赶东西似的挥了挥手。"那就没必要管了吧，和案件又没关系。不是说他儿子明年要考大学吗？可能是去祈祷高考顺利吧。"

"可是听他妻子说，被害人并不是虔诚的信神之人——"松宫刚说到这儿，突然感到肋下被什么捅了一下。

是加贺,他用胳膊肘推了松宫一下,那眼神分明在说:别多说话,撤!

"我也不是什么虔诚的信神之人,但也常常去拜神。"石垣说,"祈祷我的尿酸值降下来啦,祈祷我女儿别上傻小子的当啦。人这种生物,就是喜欢心血来潮。只有自己心有所图的时候,才变得虔诚。调查被害人的情况当然重要,但不能抓住这些细枝末节不放。"

只去一次的话可以另当别论,但多次去七福神神社参拜,用"心血来潮"可说不通吧——松宫想这样反驳一句,但还是老老实实地回到了座位。

"有关凶器的调查怎么样?"石垣环视下属们。

坂上轻轻举了下手。"通过网络购买这款刀的顾客中,包括身在外地、侦查员不能亲自去见的顾客,百分之九十我们都取得了联系。大部分人的手机都有拍照功能,所以手头还有这款刀的顾客,用邮件给我们发来了刀的照片。没有刀的顾客,大多说已经丢失,或因为破损已经处理掉了。没有发现能够证明刀和八岛有关系的证言。"

石垣皱起眉头,大声叹息道:"还是没有任何进展?凶器来源途径不明——这样的结论可不行。"

"有那么严重吗?就算来源不明,也没什么吧。"小林说,"只是一把常见的小刀,八岛也有可能是在户外用品店直接买的。店员不记得他这名顾客,也是很自然的事情。"

"现在这起案件就缺物证。如果能找到证实八岛持有那把刀的证据就好了……"

"再去盘问一下中原香织吧。"

"嗯,这也是一个办法……"石垣苦着脸沉思片刻,想通了什么似的摇摇头说,"去见那个愁眉苦脸的人也解决不了问题。今天就到这儿吧。辛苦了,各位。"

"您辛苦了。"几个人回答道。

今天的会议到此结束。这时,远处的一部电话响了。

电话旁边的刑警拿起话筒,说了几句话后,他脸色一变,看着石垣说:"组长,是在医院值班的刑警打来的。"他的声音听上去非常急切。

松宫心中生出一种不祥的预感。

"怎么了?"石垣问。

握着话筒的刑警回答:"八岛冬树的伤势突然恶化……他死了。"

当石垣问谁去医院确认一下情况,松宫举起了手。走出搜查本部后,加贺追了上来。

"我和你一起去。"加贺说。

松宫边走边叹了口气。"这下从八岛嘴里问出案件真相的路就被堵死了……"

"可是,那些大人物肯定觉得这件事情终于搞定了,现在只须向检察院送交嫌疑人死亡的卷宗就行。证据不足和其他所有问题,都会随着检察官的不予起诉画上句号。即使八岛不是凶手,死人也有口难辩。谁也不会对这个结果表示不满。"

"可是这样一来,一切都还是个谜。青柳为什么会去七福神神社参拜？也许作为警察，可以不关心这个问题，可——"

"不可以。"加贺斩钉截铁地说，"就这样半途而废地结束侦查，拯救不了任何人。无论如何，我都要找到事情的真相。"他的声音小得像自言自语，但语气无比坚定。

他们乘出租车来到医院。出乎他们的意料，路边竟然有电视台工作人员的身影。也许他们在医院里安排了线人，提前得到了消息。他们打算怎样报道八岛的死讯？松宫一边想一边和加贺走进医院。

来到接待室，只见一名穿白大褂的男子和一名穿制服的警察正站在那里说话。穿白大褂的男子正是他们第一次来医院时见到的八岛的主治医生。对方好像也记得松宫他们，对他们点了点头。

"很遗憾。"医生的语气非常平静。

"听说他的伤势突然恶化……"松宫说道。

医生点了点头。"血肿增大。鉴于脑挫伤的程度非常严重，能拖到今天已实属不易。"

"您辛苦了。请问遗体现在在哪儿？"

"请你们问一下三层的护士站吧，遗体应该已经从综合治疗室转移到其他病房了。对了，那名女子刚才也来了，好像是他的女友。"

医生说的应该是中原香织。

"明白了。"二人答应着离开了接待室。

乘电梯来到三层，松宫正准备去护士站询问，突然听到加贺咳了一声。松宫转过头，见加贺用下巴指了指走廊前方。中原香织正坐在前方的一把长椅上,她蜷缩着身体,用毛巾捂着脸。

虽然不知道该怎么和她打招呼,松宫还是准备过去。但是,一只手抓住了他的肩膀。

"今晚就算了吧。"加贺说,"八岛已经确认死亡,医生也没提到有什么疑点。这就可以了,让她一个人待会儿吧。"

松宫也是这么想的,默默点了点头。

转身前,他们又看了看中原香织。她身边的包的提手上挂着什么东西。上次见她的时候,并没有这个东西。仔细一看,那是一个护身符。应该是她为了祈祷八岛冬树尽快恢复,从某个神社求来的吧。难道是日本桥七福神?

松宫想,加贺说得没错,如果就这样结案,谁都不能释然,谁都不能得救,无论是青柳一家还是中原香织。

16

　　仅仅几天，悠人就感到周围的气氛彻底变了。虽然大家还不至于对他视而不见，但他能感觉到周围的人都在躲着他，在学校里也没有人和他搭话。即使他主动开口，别人也只是冷眼相对。

　　还有几个人像结成了小集团一样，总是出现在离悠人不远不近的地方。他们凑在一起，喊喊喳喳地议论着什么，还时不时看向悠人，又是不快地皱皱眉头，又是浮现出简直可以说是冷酷的笑容。

　　悠人知道为什么会变成现在这样。因为，最近媒体都在报道金关金属公司的瞒报工伤一事。

　　昨天，公司社长针对这件事第一次举行了记者见面会。那个脸不大却架着一副大眼镜的小个子男人一边向公众道歉，一边强调自己对此事一无所知，工作现场的事情一向全权委托给相关人员。他还说，今后他们将加强安全管理，万一员工发生事故，将迅速妥善处理，努力杜绝类似的事。当然，这里所说的员工不仅仅指正式员工，还包括合同工和劳务派遣员工。至于为什么会出现这次的事情，他们将进一步详细调查。

工厂厂长小竹已经承认，这次瞒报工伤是生产部本部长青柳下的指示。小竹说，青柳威胁他，如果如实申报工伤，不仅工厂的无事故记录会中断，而且劳动基准监督局将介入调查，工厂无视安全管理的现状将被曝光，这一切都将是厂长的责任。

职位在生产部本部长以上的人都一致表示对此事一无所知。大家都异口同声地表示，生产部本部长才是工厂的总负责人。

总之，都是青柳武明的错。

公司在安全管理方面的疏漏致使工作现场发生了事故。可是，因为青柳武明，这名劳务派遣员工没有被认定为工伤，无法去医院治疗，最后还被工厂辞退。由于事故的后遗症，也一直找不到工作。

这名曾经的劳务派遣员工——嫌疑人八岛有一个同居女友。这名女子已经怀孕三个月，所以八岛必须尽快找到工作。

走投无路的八岛冬树和青柳武明之间到底有过怎样的对话，不得而知，但嫌疑人八岛很有可能向青柳质问瞒报工伤一事，因此二人发生了口角，这就是这起案件的前因后果——简单概括最近持续报道的日本桥杀人案的专题节目，大致如此。

还有一家电视台抢先采访到八岛冬树的同居女友，这个节目也在社会上广为流传。采访是在她的住处进行的。很明显，这是一个低收入者的住处。女子的脸部被打上马赛克，但从她的着装能看出日子过得非常窘迫。摄像机不时地拍摄她的小腹。

女记者问了问她的近况和怀孕后的辛苦生活，接着围绕八岛发生事故一事抛出了若干问题。最后她问道："对这起案件你是怎么想的？被杀的青柳武明是金关金属公司瞒报工伤一事的主谋。这件事和这起案件没有关系吗？当然，无论出于什么理由，杀人都是不可原谅的行为。"

女子对这个问题的回答是："他……他成为瞒报工伤一事的牺牲品，所以会发生那样的事。"

"你是指所以才会发生这起案件，是吧？"

"是。"八岛冬树的女友低声回答。

这段录像结束后，电视嘉宾们照例事不关己地纷纷发言。"是什么把他逼上了绝路？""虽然杀人是绝对不可原谅的……""为什么没有人出手相救？"他们滔滔不绝，但案件刚发生时他们可不是这么说的。很明显，大家都在同情凶手，八岛的死加剧了这种倾向。

在这样的舆论环境中，学校里的气氛也发生了微妙的变化。顶着周围冷漠的目光，悠人感到一种无处讲理的心痛。自己家明明是受害的一方，为什么要陷入如此痛苦的境地？

课间休息和午休时间，悠人都是一个人，大家都离他远远的，就连杉野有时也会躲着他。不过这样也好，现在他根本不知道应该如何和别人相处。常常因为一点小事，他就生别人的气。

当然，痛苦的并不只是他一个人。

回到家，悠人听到客厅里传来一阵尖厉的声音。

"怎么办？从明天开始，我到底该怎么办？"

是遥香。她怒气冲冲地嚷着。

"妈妈也什么都不知道啊。警察又没说什么……"史子惶恐不安地说。

"可是电视上不是说了吗？说是爸爸的错。你知道吗？网上还有人说他活该被杀。"

"不会吧，怎么这样？"

"是真的。你去看看就知道了，有的是难听的话。"遥香开始边哭边嚷，"今天，还有人故意在我耳边说我根本不值得同情！"

悠人推开了门。她们好像没有注意到悠人已经回来了，都吃惊地转过脸来看着他。遥香的眼睛哭得通红。

"那有什么办法。"悠人冷冷地说了一句，"都是老爸的错，他是自作自受。"

遥香瞪了他一眼，紧咬着嘴唇，气呼呼地抱着书包跑出客厅，接着传来她跑上楼梯的声音。看来她打算把自己关在房间里大哭一场。

悠人皱着眉头咂了咂嘴。"真是的，烦死了。"

"在学校也有人说你什么了？"史子问。

"没有。可气氛全变了，反正没有人和我说话。"

"唉，学校里也这样……"史子的声音低了下来。

"什么意思？什么叫'学校里也这样'？家里发生什么事了？"

史子露出踌躇的神色，最后还是拿过房间角落的废纸篓，从里面捡起一个揉皱的纸团，递给悠人。"刚才在信箱里看到的。"

悠人展开纸团，只见上面用签字笔写着：还我们奠仪！

悠人使劲把字条又揉成纸团扔回废纸篓。竟然有这么无聊的人！估计是住在附近的人，谁知道这人有没有来参加守夜或葬礼。这么做肯定只是为了让别人难受，自己好幸灾乐祸一把。

悠人穿过客厅,拉开隔壁和室的拉门。和室中摆着祭台,上面放着武明的照片。

"赶快收了这些!碍眼!"

"你说什么呢?"

"老爸被别人杀了,我们还要遭受别人的白眼,这算什么事?"

"只是暂时而已。小竹也说,人们渐渐就会忘记这件事……"

"小竹?"悠人回过头来,"他和你说过话?"

"中午他打来一个电话,说对不起。"

"他道什么歉?他怎么说的?"

"就是新闻的事情啊。他说现在已经开始进行各种调查,上面的人让他实话实说,他没有办法,只好都说了。"

"是老爸给他下的命令,他没有办法,只能违法行事——他是这么说的吧?"

史子沉着脸点了点头,突然想起了什么似的,抬头看着悠人说:"不过,他说其实这并不是多大的坏事。即使罚款,也不过五十万元左右。他说现在哪家公司没有隐瞒工伤的事情啊,根本算不上违法或者犯罪。"

"那让他对大家解释去啊!"悠人嘭的一声踩到榻榻米上,"让他去学校,对大家挨个解释。让他告诉大家老爸没做多大的坏事。他光在这里说有什么用!社会上都觉得老爸死有余辜,电视上不也这么说吗?"

"这些事情小竹也说了,我们不过是一时倒霉而已。如果有其他更大的事情发生,新闻根本不会盯着这件事情不放。因为案件发生的地方太显眼了,媒体才会这么大惊小怪,仅此而已……

131

他说，怎么也没想到会有人为这点小事就杀人。"

"什么啊，净是些安慰人的废话！现在说这些还有什么用？！"

悠人脑海中浮现出小竹的脸。那张看上去和蔼可亲的笑脸肯定只是一张面具，后面其实藏着一张无比狡猾的脸。他心里肯定在庆幸：幸亏遇刺的不是自己。

悲愤的情绪在悠人心中翻腾着。想到这起案件的两个当事人都已经离开这个世界，他更加焦躁不安。

悠人拿起父亲的遗像，想向佛龛上扔过去。

"住手！悠人！"身后传来史子的声音。

悠人打消了扔出去的念头，但是握着遗像的手不停地抖动着。他瞥了一眼父亲的笑脸，把遗像扣到祭台上。

17

竟然只有这么少——看着散落的骨灰,香织首先这么想道。她已经流不出眼泪了,甚至不知道自己是否还能感到悲伤。

按照工作人员的指示,香织开始收集骨灰。她简直无法把这些枯树枝似的白色骨灰和生龙活虎的冬树联想到一起。

冬树死后,遗体只在医院放了一夜。第二天,医院的一个女职员好心地告诉香织接下来应该怎么办手续。她告诉香织,如果去找政府部门,对方应该连火葬费都会管。从医院出来,香织去了区政府,讲了自己的事情。接待香织的工作人员立刻表示这事没问题,看来这位工作人员已经从电视上知道了冬树的事情。

无论是医院的工作人员还是区政府的接待人员,大家对香织都非常友好亲切。这是自从她和冬树到东京以来,第一次感到世间人情的可贵。

从火葬场出来,夕阳映红了天空。永生难忘的一天就要结束了,从明天起,生活将会怎样?香织默默地想着。刚才在区政府，工作人员劝她申请生活保障。有了生活保障，应该可以勉强活下去。可仅仅是活着，又有多大的意义呢？冬树已经走了。回到住处，等待她的只有冰冷、沉滞的空气。

回到公寓附近，她看到门前站着两个男人。难道又是电视台的人？香织心下一惊。虽然很需要钱，可是她不想再上电视了。

香织仔细一看，发现那是她认识的人，松了口气。她在医院见过他们几次，其中一名刑警姓松宫，看上去非常精干，但眼神很和善；另外一名高个子刑警也有些眼熟，案件刚发生后在医院见过，但名字想不起来了。或许，她那时根本什么也没听进去。

香织向他们走去。两人发现香织回来了，向她点头致意。

"今天是火葬的日子？"松宫的视线落在香织怀中的包裹上。

"嗯。"

"这个时候打扰你，真是抱歉。有两三个问题想和你确认一下，可以吗？"

"嗯，请进吧，不过房间里很乱。"

房间格局很简单，只有一个六叠的和室和一个一叠的厨房。香织把骨灰盒放到相框旁边，相框里是一张她和冬树在迪士尼乐园拍的照片。

香织和两名刑警面对面坐在矮饭桌两侧。高个子刑警又做了一次自我介绍，他自称是日本桥警察局的加贺。他的目光比松宫的要锐利许多，香织几乎不敢和他对视。

"好像有人来看望过你啊。"加贺看着冰箱前面的一个纸袋说道。纸袋上印着一家知名西式点心店的商标，里面装着点心。

"前几天，电视台的人来了。那是他们当时带来的礼物……

抱歉,还没给你们泡茶。"她说着便要站起身。

"没事,请别麻烦。"松宫慌忙说,"我们可以问几个问题吗?"

香织挺直身体,重新坐了下来。"问什么?"

"已经问过你很多次,估计你已经十分厌烦了。我们想再确认一下,是关于那把刀的。"

"又来了……"香织感到一阵无力。其他刑警也穷追不舍地问她这个问题,尽管她早就告诉他们她从来没见过那把刀。

"不是和那把刀一模一样的东西也行,八岛曾经携带过什么刀具吗?不是他的东西也行,有没有人曾在他这儿存放或者临时借给他刀具?"

"没有。"香织低着头,闻言摇了摇头,心中一阵气愤:都已经这样说了,可他们怎么就不相信呢?

松宫从怀中掏出一张照片,放到矮桌上。照片上是一把褐色刀柄的折叠刀,和之前让她看过的刀具不一样。

"你见过这个吗?"

"没见过,不认识。这是什么?"

"他高中毕业后在建筑公司工作过吧?这就是他当时用的。"

"冬树?不可能!"香织直视着松宫,"你说的是假的!他根本没拿过这种东西,这么恐怖的东西……"

松宫苦笑了一下。"这不是什么恐怖的东西,而是一种操作工具。"松宫告诉她,这种工具叫电工刀,"一个和他一起工作的人买了两把这样的刀,其中一把送给了八岛。这张照片拍的是那个人的刀。"

"……这样啊。不过这能说明什么呢?"

"嫌疑人八岛确实持有这把刀，但是你对此并不知情。也就是说，你并不完全清楚八岛的所有物品。他很有可能将这些危险物品放得远远的，不让你看见，比如刀。"

"不会的。虽然我不知道这把刀，但其他东西我都清楚。他有什么东西，没有什么东西，我都知道。没有我的话，他就不知道什么东西在哪儿。那天就是，他想找一双没破洞的袜子都费了半天劲。"

"我想，袜子和刀是截然不同的两种东西。"松宫说着收起照片。

香织双手撑着榻榻米。"刑警先生，请你们一定相信我，他绝对没有胆量杀人，这肯定是个误会。一时鬼迷心窍抢别人的钱包也许还有可能，但是他绝对不会杀人。"她的声音回响在狭小的房间里。话音刚落，她身后陈旧的荧光灯发出了嘶嘶的声音。"对不起。"她低声说，"我再怎么说也没有用。"

加贺向前探了探身。"案发当晚，他给你打过电话吧？马上就回来，回来得晚，对不起——他说完这些就挂断了电话。事实确实如此吗？"

"嗯……"

"记录显示，这个电话是在案发后打的。当时他身上有被害人的钱包和公文包，所以他对案件肯定不是一无所知，但是他却什么都没对你说。你本是他在这世上唯一可以信任的人，他为什么要对你隐瞒？"

"这个……我也不知道。"

"我们警方是这么认为的，因为事情过于重大，他无法对你开口。就犯罪而言，应该不是偷盗、伤人这种情节较轻的情况，估计是抢劫、杀人等严重的——"

"不是！"香织大喊道，声音大得连她自己也吓了一跳。她非常激动，眼泪马上要夺眶而出。她用手背擦拭着眼睛下方。

"中原小姐，"加贺用平静的口吻唤了她一声，"请告诉我们实情吧，谎言毫无益处。你非常相信他，不是吗？"

香织摁着太阳穴，不知该如何是好。片刻后，她说道："他说他干了件大事……"

"什么？"松宫紧紧咬住她的话，"你再说一遍，说清楚。"

香织深吸一口气。"他说：'我干了件大事……完了！我该怎么办？'听上去非常慌张。"

"这种事，你怎么……"松宫嘟囔了一句。

"对不起。你们最初问我的时候，我想我一定要保护他，这些话会让人以为他和案件有关，绝对不能说……"香织的眼泪滚落下来。她很想趴下大哭一场，但还是强忍着。

两名刑警静静地等待她恢复平静。她深呼吸了好几次，点点头说："对不起，我已经没事了。"

加贺开口道："刚才你说起袜子的事情，你说那天他为了找一双没破洞的袜子费了半天劲。那天是哪一天？是发生案件的那天吗？"

"是。那天我回到房间，看到装袜子和内衣的纸箱子就放在外面……他一向不好好剪趾甲，所以袜子的脚尖处总是破得很快。平时他从来不管这些，照样穿着出去。"

"怪不得……"加贺沉思了一下，竖起食指说，"我想问你一个问题。案发当天，你外出打工去了，是吧？你出门前，和他说过话吗？"

"案发当天吗？我记得没和他说过什么。我出门的时候，他一般还在睡觉。那天也是。"

"前一天呢？你去打工之前或回来之后，和他说过什么吗？"

"前一天？我记得早上出门的时候，他好像还在睡觉。我打工回来之后……"香织搜寻着记忆。她一向八点左右回来，但她记得那天不是。终于，她想起来了。"对了，那天我们去看电影了。"

"电影？你们两人？"

"是的，别人给我们的电影票。那天晚上八点，我和冬树在银座的电影院门口碰面，然后去看了电影。"她又说了电影院和电影的名字。

"去看电影之前，你在打工，是吧？那他呢，那段时间他在哪里？在做什么？"

"这……他那天迟到了。"

"迟到了？在约好的时间没来？"

"他说一看还有时间就在附近溜达了一下，结果走远了。电影都要开演了，他才匆匆赶来。"

"于是，你们就赶快进电影院了？"

"是的。"

"看完电影之后呢？"

"就直接回家了。我们没钱在外面吃饭。"

"回去后，聊电影的事情了吗？"

"当然聊了。那部电影挺有趣的,我们聊得很尽兴。冬树还喝了罐装酒……"想起当时的情景,香织感慨万千。明明是不久前的事,却像很久之前发生的一样,甚至就像一个梦。她说:"为什么要问这些?前一天的事情和案件有什么关系吗?"

"没什么,只是参考一下。那天晚上,你们还聊了电影以外的话题吗?"

"好像没再聊什么。冬树喝醉了就睡着了,睡得像个孩子……那天我们真快乐啊。"

那样的日子再也不会有了——想到这里,香织的眼泪又流了下来。她再也忍不住了。

她接过松宫递来的手帕。

18

晚上刚过八点,松宫和加贺回到搜查本部。

这个时间居然没有人围着石垣。石垣正对着一堆材料,一脸严肃地沉思着。

这起案件正在按照嫌疑人死亡、向检察院送交卷宗的方向推进。这是上面的意思,石垣也不好违背,但作为身经百战的警部,他现在还是百思不得其解。

松宫向他报告了中原香织不知道八岛的电工刀一事,还有八岛最后打来的那个电话的内容。

"干了件大事,完了……他这么说?考虑到当时的情形,他这两句话倒也不奇怪。"石垣仍旧皱着眉头,"这可以成为还原当时情况的证据之一,但说服力并不强。他并没有说自己杀人了。"

"嗯,确实……"

"说服力不强啊。"说完,石垣垂下嘴角。

"还有一件事,"松宫回头看了加贺一眼,"八岛冬树给中原香织发过一封邮件说他要去面试。目前占上风的观点是，所谓的面试是八岛要求被害人重新雇用他，但事实真的如此吗？"

"嗯？什么意思？"

"除了和被害人见面，八岛也可能确实是为了去某家店铺或公司面试而出门的。"

石垣面露诧异地说："我说，你没听清会议上的汇报吗？所有发布过招聘信息的地方基本都调查过了，没有一个地方说八岛去过或者投过简历。而且，八岛的手机里，无论是来电记录还是拨出记录，都没有那种地方的号码。你觉得一个要去参加面试的人，会不和对方联系吗？还是这种时候，他偏要用公用电话或者别人的电话？"

"不，他当然要和对方联系，但不是通过电话……"

"不打电话，那怎么联系的？我先告诉你，现在也没有发现那样的邮件。"

松宫摇了摇头，盯着上司细长的眼睛说："还有既不用电话也不用邮件的方法，就是直接过去。"

"直接过去？为什么他非得直接过去不可？"

"因为比打电话要快。看到招聘信息的时候，如果店铺就在眼前，肯定会推门而入吧？"

"就在眼前？"一直板着脸的石垣恍然大悟，"你是说八岛看到的是张贴在外面的招聘信息？"

"没错，就是贴在店铺门口的那种招聘信息。八岛偶然看到后，便进去问是否招人。结果对方说今天不能面试，让他明天再去一趟。怎么样？这样的话，手机上没有任何记录也是合理的吧？"

141

石垣抱着胳膊,抬头看着松宫。"这样确实说得通。但如果是这样,八岛应该会告诉和他同居的人。难道他是怕让她空欢喜一场,特意没说?"

"有这种可能,但更可能是他没顾得上说这件事。案发前一天,他们时隔很久去看了一场电影。一直到案发当天,八岛和中原都顾不上谈工作的事情。另外,他们是在银座看的电影。他们碰面前,八岛在影院周围逛了不少地方。如果他看到过招聘信息,应该就是在那个时候。"

石垣依旧抱着胳膊,但挺直了胸膛。"契机是什么?"

"嗯?"

"我是问你为什么会这么想,肯定有什么契机吧?"

"嗯……是袜子。"

"袜子?什么意思?"

松宫把从中原香织那里听到的话告诉了石垣。"他费力地找一双没有破洞的袜子,肯定是因为要去一个需要脱鞋的地方,比如铺着榻榻米的店铺。如果只是和青柳见面,应该没有这种必要。"

石垣重重地吐了口气,落在松宫脸上的视线移向后方。他正在看谁可想而知。加贺就站在松宫后面。

刚才松宫陈述的推理,都是加贺的想法。在加贺把这些想法告诉松宫之前,松宫还完全不明白他为什么要问中原香织案发前一天的事情。

"推理得很漂亮。"石垣说,"我明白了。我会采纳这个建议,明天就给负责踪迹调查的侦查员下指令。如果八岛真的准备去别的地方面试,或者真的去面试了,侦查的方向就要来个大转变。

当然，很难说是不是往好的方向转变。"

也许，侦查工作会重新回到原点——听起来他是要大家做好这个准备。

松宫正打算回家，这时，加贺走到他身边。"看来建议被采纳了。"

"托你的福。恭哥……加贺，你为什么不自己说？其实组长又不是猜不到那是谁的推理。"

"大家角色不同嘛，你给我再成熟点吧！"说着，加贺拿出手机，接了个电话："喂……是的，我是加贺……啊，您好……哦，是吗？我知道了。谢谢您特意打来电话……好的，没有关系。我现在就过去。"他语气非常轻松，表情也明朗起来。

"有什么好事？"松宫问道。

"好消息。快餐店的老板娘打来的电话，说在笠间稻荷神社见过青柳的那位客人刚到店里，现在正在喝酒。"

二人急忙赶到快餐店。看到老板娘，他们冲她点了点头。

一张六人桌前，有四个上班族模样的人正在喝酒。桌上除了生鱼片，还摆着鸡蛋卷、炸鸡块等各种小菜。

老板娘和坐在通道一侧的一个胖胖的男人打了声招呼，看着松宫二人低声交谈起来。旁边的三名男子也随即中断了谈话。

胖男人点了点头，看口型好像在说"行"。

老板娘回到松宫二人这边，说："他说可以。"

加贺出示证件，向桌边走去。

"抱歉，吃饭的时候打扰你们。"

"没事,没事。"胖男人一脸困惑地说道。

加贺问了他的姓名。他说他姓岩井,在滨町的一家公司上班。

"真是太意外了,没想到会发生这种事。不过我和那人也没说过几句话,并不了解情况。"

"您只要告诉我们事实即可。您见过的是这个人吗?"

"没错。"看到加贺拿出的照片,岩井点了点头。

"那是什么时候的事?"

"嗯……大约是两个月前吧。"

"在笠间稻荷神社?"

"对。"

岩井说,他八十岁的老母亲当时卧病在床,所以那段时间他下班回家的路上常去神社拜一拜。可能是神的保佑灵验了,他母亲的病不久就好了。"我不过是随便拜一拜,但那个人准备的东西可够隆重的。我忍不住和他搭了几句话。"

"隆重?您指什么?"

"是鹤,折的纸鹤。"岩井喝了一口啤酒,"虽然还不到一千只那么多,但肯定有一百来只。紫色的,看上去非常漂亮。他把纸鹤放在香资箱上,然后,就这样双手合十。看到这样的情景,谁都会想上去搭句话的,你说是吧?"

"紫色……是吗?一般来说,千纸鹤应该会有各种颜色。您看到的只有紫色吗?"

岩井皱了皱眉。"这个我记不太清楚了。我只记得一眼看去,是很漂亮的紫色。也许还有别的颜色吧,这个我实在说不好。"

"没关系。那您和他说什么了?"加贺问道。

"我对他说,你可真虔诚,这么信这座神社啊。"

"他怎么说?"

"他好像很不好意思,很快把纸鹤收了起来。只是顺便来参拜一下——他是这么说的。"

"顺便吗?"

"我觉得他的话很奇怪。特意准备了那么多纸鹤,怎么会是顺便去参拜呢?所以我记住了他。看到这起案件的照片时,我就觉得好像在哪里见过这张脸。冷不防想起来,就在这家店里和大家吹了几句。要是惊动了你们,那就对不住了。"岩井语气轻松,看上去已经有些醉了。

"您说他拜完之后,很快把纸鹤收了起来。能具体说说他是怎么收的吗?"

"怎么收的?就是收起来呗,好像是收到他拿着的纸袋或者什么东西里了吧。抱歉,具体我也记不清了。"

加贺点了点头,低头致意道:"明白了。抱歉,打扰了。谢谢您的配合。"

"这起案件不是已经结案了吗?凶手不是已经死了吗?电视里是这么说的。"

加贺停顿了一下,笑着对岩井说:"案件结束没结束,我们这些底下跑腿的也不知道。反正上面让我们调查,我们就奉命行事。"

"哦,这样啊——干哪行都不容易啊。"岩井的最后一句话是对他的三个同伴说的。

"走吧。"加贺对松宫说。

松宫向老板娘点了点头,推开快餐店的门。

"纸鹤？太意外了。"松宫边走边说，"看来不是单纯的拜一拜，而是非常郑重其事啊。"

"但他说是顺便去的，这应该是指笠间稻荷神社。也就是说，他其实要去参拜其他神社，但既然到那儿了，就顺便把七福神神社都参拜一下。应该是这么回事吧？"

"我也这么想。现在的问题是他真正的目的地到底是哪里？"

走着走着，加贺突然拐了个弯。这和他们一向走的路线不一样。松宫跟了上去，心中疑惑，不知加贺要去哪里。突然，前方出现一座小小的鸟居。这是一座隐藏在楼群里的神社，稍微离远一点，根本不会注意到。

"这是松岛神社，里面供奉着七福神之一。"说完，加贺穿过鸟居走了进去。

松宫也跟着进去。可能因为已是晚上，神殿前面用围栏围了起来。香资箱在围栏里面。

"这里供奉的是大黑神，大黑神主管农业和商业。身为公司职员的青柳如果来这里祈祷生意兴隆倒也没什么奇怪，但这和纸鹤完全对不上。千纸鹤是用来祈祷身体康复和长寿的。这么说来，笠间稻荷神社倒确实……"加贺从内侧口袋里掏出笔记本，"笠间稻荷神社供奉的是寿老人神，主管延年益寿。其他神社……小网神社，供奉的是福禄寿神，也是长寿的象征。"

"离这儿远吗？"

"很近。去看看吧。"

他们先返回甘酒横丁，然后向西走去。途中经过青柳武明曾经去过的那家老字号咖啡厅。

他们拐了个弯,绕到日本桥小学后面。这是一个被楼群围绕的三岔地带,面积不大,绿树成荫。一座鸟居和神社掩映在其中一边的树丛中,鸟居旁边挂着灯笼。

"这里会是他真正的目的地吗?"松宫说。

"保佑延年益寿、长命无灾的神社还有很多,大可不必特意来这儿。"加贺也一副想不通的表情。

"可能这里有他特别的回忆吧。比如他以前来参拜过,特别灵验。"

"你忘了他妻子的话了?青柳并不是虔诚的信神之人。"

"话虽这么说,他参拜神社却是事实,甚至还折了纸鹤。"

"是啊,又出现了一个大谜团。为什么会是纸鹤?"

"到现在为止,没有任何人提过青柳折纸鹤的事情。那么多纸鹤,他是什么时候折的?"

"问题就在这儿。"加贺说,"那么多纸鹤又去了哪里?"

"谁知道呢。"松宫耸了耸肩,"刚才那人说,青柳把纸鹤放在香资箱上,拜完之后又收了起来。他拿到其他地方去了,还是扔了?"

"用于祈祷的纸鹤应该不会轻易扔掉。到底是怎么回事……"说完,加贺陷入了沉默。过了一会儿,他轻轻点了点头,嘴角浮现出笑意。"嗯,对了,这个办法应该可以。"

"怎么回事啊?你别光自己明白啊!"

"我想到一个能找出他真正想去的神社的办法。纸鹤能告诉我们一切。"望着沉入暮色中的神殿,加贺说道。

19

第二天上午十点多,松宫和加贺出现在水天宫的办公室。

"纸鹤?真的吗?"松宫急切地问道。

衬衣外面套着灰色开衫毛衣的男子点了点头。"差不多一个月一次吧。纸鹤被放在香资箱上面,还有一个装着一千元纸币的白色信封,信封上写着'焚化费'。"

"那些纸鹤已经没有了吗?"

"已经……焚化了。"男子有些抱歉地说道。

"纸鹤被放在香资箱上面,这是什么时候开始的事?"

"这个……差不多半年前吧。"

水天宫的正门下午五点关闭,但晚上七点前还可以利用夜间出入口。这位工作人员说,那天晚上关闭夜间出入口之前,他巡视了一下神社院内,看到香资箱上放着一大串纸鹤。

"虽说是一大串,但并不是一千只纸鹤。我数了一下,正好一百只,是黄色的,很漂亮。"

"黄色？"松宫和加贺对视了一下，"只有黄色一种颜色吗？"

"是的。只有黄色一种颜色，而且每个月的颜色都不一样。"

"嗯？是吗？"

"绿色、蓝色、紫色，每次都只有一种颜色，数量总是整整一百只。"

加贺向前迈了一步。"日期固定吗？比如是每月的几号？"

"好像并不固定，几号都有。"

"是周几呢？周末吗？"

"应该是平常的日子吧。来参拜的客人不多。"

"没有人见过放纸鹤的人吗？"

"没有。放纸鹤的人好像总是趁没人的时候把纸鹤放上去。其实又不是干什么坏事，完全没必要那样偷偷摸摸的。"男子苦笑着说。

二人道谢后，走出神社办公室。虽然不是周末和假日，但神社院内很是热闹。

青柳武明向七福神祈愿的纸鹤去哪里了？这是解开谜团的关键。加贺推测那些纸鹤已经在某座神社焚化了。所谓"焚化"，是指神社举行的烧掉护身符、灵符的仪式，也常常会有纸鹤放到里面一起焚烧。所以，他们从今天早上开始依次调查起七福神神社。在去水天宫之前，他们先去了小网神社，但那里的人说既没有人在那里放过纸鹤，也没有焚化过这类东西。

"青柳真正的目的是参拜水天宫，可以这样认为吧？"

"下这样的结论为时尚早，还要有确凿的证据证实放纸鹤的人是青柳。"

"可是，现在纸鹤已经全部烧掉了，怎么证实？再说，这和青柳拿到笠间稻荷神社去的纸鹤的特征一样。虽然颜色不同，但那是因为每个月都会换颜色。"

"问题就在这儿，为什么每个月都要换颜色？"

"应该没什么特别的意义吧。要备齐那么多同种颜色的纸更困难。"

加贺停下了脚步。"纸？脩平，如果是你，会怎么办呢？如果你要折纸鹤，你会去哪里买纸？"

"这个哪儿都能买呀，连便利店都有卖的。"

"好，我们去调查一下。"

走出神社，他们在周边转了转。看到文具店，便进去打听了一下。店员给他们拿出好几种折纸，其中既有同一个颜色一百张一套的，也有不同颜色组成一套的，且产品不同，纸的种类和尺寸也不同。他们买了几种有代表性的折纸，离开了文具店。

"现在怎么办？买了这么多。"松宫提着纸袋问道。虽说只是折纸，好几百张放到一起也够沉的。

"这还用说，当然是折纸鹤。"

"啊？"

"就这儿吧。"加贺在一家小饭馆前停下。

不顾服务员投来不快的眼神，松宫和加贺开始折纸鹤。虽然已经二十多年没有折过了，折法倒是没忘。

折好一些后，他们顺便在这里解决了午饭，然后回到水天宫的办公室，把纸鹤给刚才那名男子看。

"啊，和这个最相似。就是用这种纸折的。"男子拿的是一只用和纸折的纸鹤。那是松宫折的。"不过,大小不一样。应该更小一点,差不多这么大吧。"说着,男子拿起一只用十厘米见方的纸折出的纸鹤。

松宫和加贺对视了一眼。刚才那家文具店里没有十厘米见方的折纸用和纸。说起来,折纸用的纸一般都是十五厘米见方的。

"十厘米的正方形和纸,这是一个重要线索。"从神社院内出来,加贺边下台阶边说,"青柳的工作地点在新宿。如果买和纸,他可能会去附近的商场。我们挨个转转,也许会发现他去过的店。"

"卖和纸的店……"松宫嘀咕了一句,脑中突然闪过一个地方。"啊!"他惊呼了一声,脚下差点踏空。

"怎么了?你没事吧?"

"恭哥,我知道一家店,卖和纸的,就在附近。"

"附近?哪里?"

"就是上次我们去的那家荞麦面店……对,红梅庵。在那附近有一家和纸专卖店。"

加贺瞪大眼睛,指着松宫的脸,点点头说:"去看看!"

那里离得很近,但焦急的他们还是准备乘出租车去。不过,出发之前得把手里多余的折纸处理掉。正好看到有一名带小孩的女子走下神社的台阶,便去和她说了一下。令人高兴的是,对方开心地接过了折纸。

那家和纸专卖店在日本桥本町三丁目。面对昭和路的整座大楼都属于和纸公司,一层是店铺。从正面的玻璃门进去,右侧是用于演示的抄纸场,墙上贴着展示和纸生产过程的图板。看介绍可知,二层是特别展示室和史料馆,好像还有作品展示角。

宽敞的店内摆放着各种颜色的商品，不仅有和纸，还有各种和纸制品。一眼看去，折纸并不好找。

看到女店员，松宫叫了她一声，询问这里有没有折纸。

女店员笑盈盈地拿出一种叫"和纸十色"的商品，上面写有"手漉[①]"二字。这种和纸共有一百张，尺寸是十厘米见方。十种颜色的纸各十张，依次是粉红色、红色、橙色、茶色、黄色、绿色、淡蓝色、蓝色、紫色、淡紫色。税后价格是一千零五十元。

"没错！"松宫拿给加贺看，"他肯定买了十套这样的折纸，然后用相同颜色的一百张纸折的纸鹤。"

加贺点了点头，问女店员："大约半年前，有人成批地买过这种折纸吗？"说着，他出示了证件。

女店员露出疑惑的神色，说了一句"请稍等"便匆匆离开。

松宫的视线再次落到面前的和纸上。这叠折纸又轻又薄，简直想象不出有一百张之多。每种颜色的纸的边缘稍微错开，这样正好能看到所有颜色。看到这些鲜艳的颜色，简直让人觉得用作折纸太可惜了。

那名女店员很快回来了，身边跟着一名年长的女子。

"请问您是在打听这种折纸吗？"

加贺又重复了一遍刚才的问题，年长的女子慢慢点了点头。"我想应该有这样的顾客，因为成批购买的顾客并不少见。"

"这名男子呢？他来过这里吗？"加贺让她看青柳武明的照片。

年长的女子脸色一变，眨了好几下眼睛，目光在加贺和松宫

---

① 手工抄纸。

身上游移。"是的,来过。我记得他买了十套这样的折纸。"

松宫的身体不由得一阵发热。

"是大约半年前的事吗?"加贺沉着地确认道。

"是的。因为麻烦他多跑了一趟,所以我记得他。"

"麻烦?您的意思是……"

"他第一次来的时候,这种折纸的数量不够,所以请他一周后又来了一趟。"

加贺点了点头,说:"明白了。谢谢。"

买了和纸十色后,他们从这家店出来,又走回水天宫,途中经过宝田惠比寿神社。

"看来,青柳是在七福神巡礼的过程中,发现了那家和纸专卖店。"松宫说道。

"也就是说,他最初开始巡礼的时候,祈祷时并没有用纸鹤。他为什么会中途开始做这件事情?"

"估计没什么特别的理由吧。一时兴起?"

"会有人仅仅因为一时兴起就折一百只纸鹤吗?而且是每个月一百只。"

"……这倒也是。"

他们来到水天宫,把用和纸十色折的纸鹤拿给神社办公室里的那名男子看。男子把黄色纸鹤放在手上,眯着眼看了看。"就是这个。应该没错,和那时的纸鹤一样。"

松宫和加贺闻言,对视着点了点头。

"这样看来,放纸鹤的人确实是青柳。他真正的目的地果然是这家神社。"走出神社,松宫再次回头向神殿望去。

"你的想法没错。不过，青柳为什么突然如此笃信神佛，这仍然是一个谜……"加贺一脸不解地说道。

水天宫是以祈求产子顺利而闻名的神社。青柳武明到底是为了谁来这里参拜的呢？

神社正面是庄严肃穆的神殿，前面是带屋檐的净手处。加贺说，正式的顺序是参拜前先在这里净口、净手。

神殿右侧是一个小卖部，摆着很多护身符和吉祥物。小卖部里有一名女工作人员。松宫给她看了一下青柳武明的照片。女子一脸困惑地说，好像见过这个人，但也没准是心理暗示。她的话倒也不奇怪，毕竟她每天要接待那么多顾客。

神殿的左侧是一座母子狗铜像，周围摆着雕刻有十二生肖文字的半球。据说摸一摸自己的属相，神的保佑就会灵验。看上去被摸得最多的是小狗铜像的头，只有那儿闪着一片金光。

有一男两女正好来参拜。其中的一男一女看上去五十岁左右，另外一名女子小腹隆起，估计是父母和怀孕的女儿。三人看上去都是一脸幸福的样子。

看着眼前这三个人，松宫突然想起另一名女子。"难道青柳是为了中原香织来这里的……"话未说完，他摇了摇头，"不，不可能。如果是这样，青柳和八岛的关系也太亲密了，这和已掌握的情况不符。"

"已掌握的情况？你指什么？"加贺说，"那不过是警方围绕预想中的破案结果，自作主张制造出来的脚本而已。与之不符也没有关系，重要的是事实到底如何。"

"恭哥，那你觉得青柳来这儿是为了中原香织吗？"

"这种可能性并非为零,但你忘了一件很重要的事情。"

"什么?"

"医生说中原香织刚刚怀孕三个月,但青柳开始七福神巡礼是更早之前的事情。"

"啊……"确实如此。松宫为自己的粗心恼火。

"先按老办法来吧。去问问他的家人。"加贺向出口走去。

青柳家周围已经看不到形迹可疑的人了,电视台的专题节目也几乎不再报道日本桥杀人案。随着八岛冬树的死亡,社会上都认为这件事情已经尘埃落定。看来电视台都认定,瞒报工伤这种算不上重大犯罪的题材已经不能再帮助他们提高收视率。

松宫摁了对讲门铃,里面传来史子的声音。松宫报上姓名后,对方的回话很明显带有怕被打扰的语气,但史子还是让他们进去了。

和上次一样,他们被引到客厅,两人并排坐下。他们对史子说不用张罗,但她还是端上了茶水,茶杯也和上次的一样。

"有什么事吗,今天?"史子垂下眼睛,问道。

"我们听说了一件事情。"加贺说,"您丈夫生前好像说过身边有人要生孩子。关于这件事,您有什么线索吗?"

史子一脸困惑。"孩子……"

"对。他好像考虑过要祝当事人分娩顺利。"

加贺认为,现在先不要对青柳的家人公开他参拜七福神神社一事。既然青柳瞒着家人,那就不能轻易说出这件事情。

"没有啊……"史子思索着说,"亲戚里没有要生孩子的人,熟人的女儿也没有……我没听说过。"

"最近您和您丈夫谈过这方面的话题吗？比如，谁家要生孩子，或者哪家夫妻发愁要不上孩子之类的。"

史子仍是一脸困惑。看得出，她在使劲搜寻记忆，可是确实一无所获。"抱歉。"她说，"我实在想不起来。"

"好的，没关系。我们也并不知道此事和案件有没有关系，只是想确认一下而已。"

"呃……不是已经结案了吗？那个姓八岛的已经死了，现在还要调查什么呢？"

加贺没有立刻作答，而是说了一句"谢谢您的茶"，端起了茶杯。他慢悠悠地喝了一口，长长地呼了口气。

"夫人，你们肯定还有很多不能释怀的地方吧？就这样结束可以吗？您接受吗？"

"我是不能接受，可……"史子低下了头，搓着双手。

这时，玄关传来声响。一阵脚步声响起，门开了。悠人一阵风似的走进来，看到松宫二人，像定格般呆住了。看来，他刚才都没注意到门口的换鞋处有两双陌生的鞋子。

"打扰了。"加贺说。松宫也轻轻点了点头。

悠人似乎在闹情绪，扬着下巴走进厨房，随即传来冰箱门开关的声音。悠人拿着一瓶可乐走了出来。他拧开盖子，咕咚喝了一口，看向松宫他们。"喂，你们还来调查什么？"

"悠人，你怎么说话呢！"史子责备道。

"没事，没事。"加贺劝道，抬头看着悠人，"刑警和公司职员一样，都得听上面的。"

"哼。不过你们这些刑警也够倒霉的，负责这么无聊的案件。"

"无聊？"这句话刺痛了松宫，"怎么无聊了？哪里无聊？"

"本来又不是什么大事，不就是瞒报工伤嘛。老爸干了坏事，对方被欺负了，一怒之下刺杀了老爸，不就是这么回事吗？根本算不上什么重大案件。可是，不凑巧啊，老爸偏偏死得那么夸张，让媒体炒得沸沸扬扬，警方也不能随便查查就了事。不就是这么回事吗？"

"无论是哪种死亡方式，警方的破案方式都不会变。"

"哦？如果死在一个不起眼的地方，事情就不会是现在这个样子了吧。不是说死在了桥中央吗？真不知道为什么会是这么一种死法。"说着，悠人漫不经心地摇了摇手里的可乐瓶。

看着悠人苍白的脸，松宫很想上去给他一拳，但还是拼命忍住了。"告诉你，你父亲是在医院去世的，并不是在桥上。而且，他也不是倒在桥中央，而是靠在了麒麟像下面。"

"麒麟？"悠人皱起眉头，一脸惊讶。

"日本桥的中央有麒麟雕像，那是身带羽翼的麒麟。青柳先生当时一动不动地靠在麒麟像下面，被警察发现了。你肯定已经知道，他是在附近的其他地方遇刺的，现在我们也不明白他为什么要走到那儿。"

"哦。"悠人挤出一个扫兴的表情，喝了口可乐，"哼，管他到底是怎么回事，反正他被杀死了。可是他别给我们这些留下来的人带来麻烦啊。"

"悠人！"史子厉声喝道。

可能是这句话管用了，悠人沉下脸，拿着可乐瓶跑出了客厅。接着，从外面传来他跑上楼梯的声音。

"对不起。"史子致歉道，"因为他爸爸的事情，周围的人都对他指指点点……"

这种情形松宫完全可以想象得到。因为家人莫名其妙离世，不管过了多少年，还会听到周围的风言风语——这正是他自己的亲身经历。

"请问，您丈夫有书房吗？"

史子摇了摇头。"我们家没有这样的房间，我丈夫很少把工作带回家。看书或者写点什么的话，就在这儿。"

"那文具等用品放在哪里呢？"

"那儿。"史子指着靠墙的一个边柜说，"在抽屉里面。"

"我们可以看看吗？"

"嗯，可以。"

看到加贺边戴手套边站起来，松宫也赶紧从口袋里掏出手套。

两人查看着抽屉里的东西，目的是寻找剩下的和纸十色。如果水天宫工作人员的证言是准确的，那青柳武明应该只用了六百张折纸，剩下的肯定还放在某个地方。但是，和他们预料的一样，抽屉里并没有折纸。看来，青柳武明是在其他地方折的纸鹤。

他们结束了谈话，准备离开。在玄关告辞的时候，两人突然感到背后有人。只见一个眼睛很大、让人印象深刻的女孩站在那儿，是青柳武明的女儿遥香。

"你回来了。这两位是刑警。"史子介绍道。

遥香看也不看松宫他们，默默往楼梯上跑去。

"对不起。"这位母亲再次道歉。

出门后走了几步，松宫回头望着青柳家。

"怎么了？"加贺问。

松宫摇了摇头。"没什么。"说完，他继续向前走。

案件并没有结束，所有问题都还未得到解决，松宫心中再次这样想道。

20

第二天早上的侦查会议上,有人报告找到了八岛冬树面试的地方。昨天晚上松宫他们回到警察局时,已经听说了大概情况。

那是一家销售手工家具和杂货的公司,名叫"紫罗兰房",位于京桥,到八岛冬树和中原香织去过的电影院走路需要十多分钟。

"那是一家小公司,除了社长,只有三名员工。二层的展示厅同时用作办公室。据说一层入口的周围张贴了招聘广告。之所以说'据说',是因为我们去的时候广告已经被撕掉了。有目击者说看到那里贴过招聘广告,为了保险起见,我们调查了楼里面所有公司和事务所,最终查明八岛去过这家公司。"资深刑警长濑不紧不慢地汇报道,"案发前一天的晚上七点左右,八岛来到这家公司,打听招聘的事情,当时只有一名员工在场。那名员工给社长打电话,社长让该员工告诉八岛,次日下午六点左右再来一趟。于是,第二天下午六点过后,八岛再次来到这家公司,直社长。"

这几乎和加贺的推理一模一样。唯一没想到的是,八岛去的不是餐饮店,而是家具店。不过,据中原香织说,八岛并不适合服务行业,所以这也是个合适的选择。

这家公司的展示厅有一部分需要脱鞋进入。八岛之所以"费半天劲找一双没破洞的袜子",是因为他考虑到有脱鞋的必要。

"据那家公司的社长说,八岛对工作内容有所误会,所以没能被录用。"长濑继续汇报。

"有所误会?什么意思?"管理官情绪不高地问道。

"那家公司招聘的是最近举办活动要用的临时工,他们已经托熟人找了一些。因为人数不够,才又贴了招聘广告。但八岛想找的是做家具的工作。"

"原来是这么回事。可是,那家公司的人怎么一直没和警方联系?他们不可能不知道这起案件啊。"

"对于这一点,他们说是因为没有注意到。"

"什么意思?"

"和我们交谈的是社长。他说知道这起案件,但完全没有想到嫌疑人就是来面试的那名男子。当时社长很快就让八岛走了,所以连八岛的名字都没记住。社长只在网上看过这起案件的报道,但没有看到八岛的脸部照片。"

"现在这种人还真不少,"石垣用近似辩解的口气对管理官说,"根本不看报纸。网上也有八岛的照片,但是不放大看的话,也看不清到底长什么样。"

管理官点了点头,脸色依然非常沉重。

"还有一件事情。"长濑看着笔记本,"那位社长说,当时看到八岛灰心丧气的样子,觉得挺可怜,就告诉八岛附近还有一家同行的店,如果他想在家具店工作,可以去那里看看,并告诉他那家店名叫'吾妻家具',在江户桥附近。"

众人一片哗然。松宫第一次听到这个消息时也吃了一惊。

"江户桥?"管理官提高了音量,"不正是案发现场吗?"

"是的。我们去那家公司调查了一下,对方说八岛没有去过。据说,那天晚上六点半时那家公司已经关门了。目前取得的信息就是这些。"资深刑警长濑结束了发言,回到座位上。

管理官板着脸,挠着后脑勺。"到底是怎么回事?八岛并没有约被害人见面?"

"从时间上看,二人约定见面的可能性很低。"石垣说,"如果面试顺利,八岛就不知道自己几点才能离开。他的手机上并没存被害人的电话号码,他也无法通知对方更改见面的时间。"

"那他们是怎么见面的呢?"

"有一种可能,就是二人是偶然遇到的。"

"偶然?"

"之前报告过,被害人经常参拜七福神神社。有可能那天被害人正好去神社,走到江户桥附近时,碰到了要去家具店的八岛。"

"然后,两人去了那家咖啡厅?"

"这样在时间上没有矛盾,只是无法解释八岛为什么会随身带着一把刀。"

管理官又是脸色一沉。"对了,还有刀……"

"如果是偶遇被害人,那八岛就没有随身携带刀的理由。"

"这个可以解释为防身用……"管理官的声音越来越小。

"防身用……"石垣的声音听上去也有气无力。

关于这一点没有得出任何结论,会议就结束了。石垣和小林围着管理官继续商量着什么。连松宫也看得出来,他们肯定在说刀的事情。

这时,从外面进来一名年轻刑警,走到石垣那边说了几句话。从远处也能看到,石垣等人的表情都凝重起来。

石垣环顾室内,视线停在松宫的方向。不出所料,他叫了松宫的名字。

松宫走过去,问有什么事。石垣没说话,向他招了招手,示意他再走近些。松宫一直走到坐着的上司面前。

"抱歉,你和加贺立刻去被害人家一趟。"

"出什么事了?"

石垣沉着脸点了点头。"今天早上,他家的女儿割腕了。"

"啊?"松宫忍不住惊呼了一声。

"被救护车送到医院抢救了。应该没什么大碍,但是医院报了警,我们也接到了通知。现在人已经回家了,你们过去看看吧。"

"明白。"

松宫回到加贺身边,说了情况。加贺也非常吃惊,倒吸了一口凉气。

"那家的女儿,昨天那一眼就让人觉得怪怪的。"往车站走的路上,松宫说道,"这次的事情肯定让她很痛苦,明明她也是受害者。"

"杀人案就像癌细胞，一旦侵袭，痛苦就会向四周蔓延。即使凶手落网，案件了结，要停止痛苦的侵蚀也是十分困难的。"

加贺低沉的嗓音震动着松宫的内心。现实确实如加贺所言。

和昨天一样，青柳家门前一片寂静。不久前，这里还来过救护车。听到救护车的鸣笛声，附近打开窗户看个究竟的住户应该不少。可以想象，当他们看到青柳家的女儿被抬出来时，心里肯定会这样那样猜个不停。但愿不要再传出什么伤人的谣言了，松宫心想。

像往常一样，松宫摁了对讲门铃。本以为会听到史子的声音，结果却传来一名年轻男子的应答声，听起来像悠人。

松宫报上姓名，告知对方想了解一下这家女儿的情况。过了一会儿，里面传来一句不情愿的回话："进来吧。"

加贺二人走到玄关，门开了。出来的是史子，她眼圈一片红肿，脸上带着泪痕，表情也有些僵硬。

"抱歉，今天又来打扰您。"松宫低头致意道，"听说您女儿发生了意外……"

"遥香吃了药睡着了，她现在不能和二位说话……"

"要是这样，您一个人也行。我们想了解一下情况。"

"请进吧。"

"那打扰了。"两人说着走了进来。玄关的门厅处有一个运动背包，估计是悠人的。

悠人正在客厅里。不，准确地说，是在和客厅相连的和室里。他盘腿坐在青柳武明的遗像前，看都没看松宫他们一眼。

"悠人，你该去学校了。家里没事了。"史子说。

"今天不去了。刚才我给学校打电话了,说今天可能去不了。"

"可是……"

"我说了不去了。别管我。"悠人抱着胳膊,盯着遗像。

松宫和加贺在沙发上落座。看到史子准备去厨房,加贺说:"请您不必麻烦。我们了解一下情况,马上就告辞。"

史子心情沉重地坐了下来。

"到了平常的起床时间,遥香还没出来。我不放心,就去了她的房间,结果看到床上都是血……孩子浑身无力……"

"是用剃须刀片割的手腕吗?"

"裁纸刀,当时刀子掉在了地板上。好像划了很多下,她手腕上都是伤。"

"那时,您女儿有意识吗?"

"有,可是问她什么她都不回话,只是一个劲地哭……"

"在医院抢救之后呢?她说什么了吗?"

史子无力地摇了摇头。"你们来之前,我一直在那孩子的房间里,可她什么也不说。"

"关于她为什么要这样做,您有什么头绪吗?"

史子叹了口气,说:"具体的我也说不上来。因为她父亲的事,她在学校里过得很痛苦,回到家就闷在房间里不出来……"

咚!和室里传来一声响动。是悠人,他使劲往榻榻米上砸了一拳。"傻瓜!这么一自杀,不就等于承认老爸是坏人了吗?"

松宫瞪了悠人一眼,说:"你这样说就不对了。你应该考虑一下你妹妹的心情。"

"我知道。我还不是一样?"悠人站了起来,从松宫他们面前走过，走出了客厅。

悠人跑上楼梯的脚步声消失后，加贺问史子："从昨天到今天早上，发生什么事情了吗？"

"没什么……"

"在网上或电视上，又看到什么和案件相关的新消息了吗？"

史子摇了摇头。"最近，我们都尽量不看那些报道。"

"您家来过什么人吗？"

"没有。我想肯定是昨天学校里有人说遥香什么了。"

加贺没说话，点了点头。听了这番对话，松宫纳闷加贺为什么要问这些。想到遥香昨天的样子，就会觉得她的自杀其实并不令人意外。她现在正是非常敏感的年龄。

从青柳家出来后，松宫向加贺抛出了心中的疑问。加贺回答说："没什么，只是确认一下。"

松宫给石垣打电话报告情况。听到没什么大事，石垣也松了口气。"这对我们也好。要是被害人的遗属自杀身亡，不知道媒体又要闹成什么样。"

"她已经睡了，有家人看着没有问题。我们现在就回局里。"

"不，你们不用回来，再去调查一下案发当天被害人的行踪吧。"

"行踪？"

"对，希望你们能找到当天被害人去了七福神神社的证据。如今早会议上所说，八岛和被害人如果不是相约见面，那就是在路上偶然碰到的。现在已经清楚八岛出现在江户桥的理由，剩下的就是被害人了。"

"明白了。"

"你们最熟悉被害人的行踪,拜托了。"

"明白。"

挂断电话,松宫把石垣的指示告诉了加贺。加贺一副想不通的表情,纳闷地说:"在路上偶然碰见……算了,也不是完全不可能。"

"那怎么解释刀的事情?这样讲不通啊。"

"也许有些牵强。总之,先按指示办吧,确实有必要确认青柳的行踪。"

他们乘坐日比谷线来到人形町,开始在这片已经熟悉得完全不需要地图的街区走访。他们走的正是七福神巡礼的路线,在神社周边的商店寻找目击证人。之前调查过的商店今天也去了,因为经常有人在当时想不起来但之后又想起什么。

他们转了好几个小时,并没有发现案发当天青柳武明去七福神神社参拜的迹象。

"也许他那天只去了神社,哪家店也没去吧。"从宝田惠比寿神社前经过时,松宫说道。周围已是暮霭沉沉。

"也许他并不是去神社巡礼……"加贺嘀咕了一句。

"不可能吧?要是这样,青柳为什么会出现在日本桥?"

"不知道。他参拜的时候,会带着那一百只纸鹤,但水天宫并没有那些纸鹤。"

"他肯定也有不带纸鹤的时候。"

加贺没有说话,似乎并不赞同这种想法。很快,他们走到了昭和路。路口正是上次那家和纸公司,一层店铺的门还开着。

加贺停下了脚步。"进去看看吧。"

"哎？昨天刚去过啊。"

加贺没理松宫，径直走了进去，松宫只好追上。

昨天的那名年轻女店员隐隐带着不安的笑容向他们走来。"我去叫主任。"

"不用了。能让我们再看一次和纸十色吗？"加贺说。

"就是这个。"

加贺接过女店员拿出的商品仔细端详。这和他们昨天买的一模一样。

"有什么问题吗？"松宫问。

"请问，"加贺向女店员问道，"这种商品颜色的顺序都一样吗？有颜色顺序不一样的吗？"

女店员面带困惑地说了一句"请稍等"，往店里头走去。

松宫对比着摆放着的商品。颜色的顺序都是一样的，从上到下依次是粉红色、红色、橙色、茶色、黄色、绿色……

松宫正想问这有什么问题的时候，女店员回来了。

"抱歉，让你们久等了。这种商品只有这一款。"

"好的，知道了。谢谢。"加贺把手中的商品放回了搁架。

"怎么回事？"等女店员走远后，松宫问，"颜色的顺序不是怎么放都行吗？"

加贺的视线不紧不慢地在松宫脸上转了一圈。"你还记得我们在水天宫调查到的情况吗？最初放的纸鹤是什么颜色？"

"当然记得，是黄色的。"

"对。现在可以推断，青柳买了十套这样的商品，他把其中颜色相同的纸各抽出十张，叠了一百只纸鹤。但是，你不觉得奇怪吗？如果是你，会怎么做？一般会按顺序从最上面来用这些纸吧？这种纸最上面是粉红色，黄色在正中间。可是，他为什么特意从中间开始用呢？"

松宫再次注视那些和纸，发现确实如加贺所说。"意思是，肯定有一个只能从黄色开始的理由。原来是这么回事……"

"我也是这么想的。问题是这个理由是什么呢？"加贺的声音听上去有些沉重。

21

弁庆像比想象中的小多了。原以为需要仰视,其实它和真人差不多高。石像下面有一座高台,但四周并没有围栏,人一伸手就能摸到石像。

香织正在滨町绿道公园。马上就到晚上十点了,空气又干又冷。树木遮住了路灯的光线,甚至连脚下都看不清楚。

香织后来看电视新闻才知道,案发那晚,冬树逃到了这个公园。她没记住公园的名字,但是记住了电视画面上的弁庆像。

今晚,她在住处吃过饭后,突然想去看看那个地方——冬树最后给她打来电话的地方。外面很冷,她穿上大衣、围上围巾走出家门。乘上地铁,很快就到了人形町。有一家饭馆还开着门,她打听了一下有弁庆像的公园在哪里,一位亲切的大婶告诉了她位置。

香织深深地吸了口气,随即感到胸口一片冰凉,不由得想缩起肩膀。奇怪的是,吐出来的气并不白。

四周寂静得有些吓人,但香织还是走到了林间小道上。茂密的林间有一些长椅。那天晚上,冬树是在哪里藏身的呢?是蹲在树影里吗?

香织——耳边仿佛又响起了那个呻吟般的声音,那是那天晚上,冬树打来电话时说的第一句话。

"我干了件大事……完了!我该怎么办?"

冬树当时到底是怀着怎样的心情打这个电话的呢?直到现在,香织也完全不明白。那个电话之后,他就因躲避警察而遭遇了事故。

一切都是阴差阳错,她只能这么想,冬树绝对不可能杀人。

一把长椅上放着一个大包裹似的东西。是什么呢?香织猜测着走近了长椅。突然,她哆嗦了一下,站住了。灰色的毛毯中伸出的好像是人的手臂,原来是一个人在蜷缩着睡觉。

香织突然感到非常害怕。可能是这儿的树木格外茂密的原因,光线变得颇暗。

香织掉转脚步,回到来时的路上。她再次来到弁庆像附近,发现那里站着一名高个男子。由于逆光,看不清那人的脸,但香织感觉得到,那人正在注视着自己。她转过身,准备离开。

"中原小姐。"

听到那人喊自己的名字,香织不由得倒吸一口气,差点绊倒。

男子跑过来问道:"你没事吧?"

这张脸香织认识。是刑警,日本桥警察局的刑警加贺。

"抱歉,我好像吓到你了。"说着,加贺露出笑容。

看到他洁白的牙齿,香织一下子放下了心。"是我不好,没有看清。"

"这个时间,你怎么在这里?不会是来看他的……"

"是的。"香织点了点头,"我想来看看他最后给我打电话的地方,也想看看事故现场。"

"果然如此。不过你的方向反了,发生事故的地方在那一侧。"加贺指着刚才香织走过的林间小道的另一侧。

"这样啊……"

"要去看看吗?我给你带路。"

"可以吗?"

"当然。"

和刑警一起就放心多了。香织没有再客气,请加贺带路。

"今天你没和松宫先生一起?"走在林间小路上,香织问道。

"我们刚刚分开。工作时间以外,我们尽量不见面。我们早就互相看腻了。"

加贺好像是为了让香织放松才这么说的,香织的语气果然轻松了不少。"加贺先生,你为什么会在这里?"

"没什么特别的原因。无路可走的时候,就不断回到原点。这是我的做事方式。"

"原点……"

"这里正是原点,所以你也来这里了,不是吗?"

香织没说话,点了点头。她觉得这名刑警和松宫一样,给人的感觉很温暖。刚开始会觉得他非常威严,可是渐渐地她不这么认为了。她不知道是所有刑警都这样,还是他们两人格外特别。

地上摇曳着树木的影子。刚才香织还觉得这一切很恐怖,现在却觉得让人充满幻想。

前面是绿道公园的出口,再往前是一条宽阔的道路,路上来往的车辆很多。

"那是新大桥路。"加贺告诉她,"他就是突然闯到了那条路上。"

"在这种地方……"

真是胡来!她心里想。这条路单向就有三条车道,对面是高速路的出口。她想象着冬树被卡车撞上的样子,不由得闭上了眼睛。一阵悲伤涌上心头,泪水快要夺眶而出,她拼命忍着。

她深深地呼吸了几次,睁开眼睛,说:"谢谢你为我带路。"

加贺点了点头,随后有些犹豫地说:"你能跟我来一下吗?就在这附近。"

"好。是什么事?"

"一会儿就好。"加贺含混地回答了一句,向前走去。

他们沿着新大桥路向前走。现在要去哪里,香织完全不知道。

路边有一家便利店。"请等一下。"加贺说完,走进店里,很快就出来了,手里拿着一瓶热的日本茶和一罐热奶茶。

"你喜欢哪一个?"他举着两种饮料问香织。

"我喝茶吧。谢谢。"

"热饮只有这两种。要是有热可可就好了。"

"你喜欢喝可可?"

"不是,我想不含咖啡因的饮料比较好。"

"啊……"原来他是在担心我的身体,真是个善解人意的人,自己都不常注意到这些,香织心想。

加贺喝了一口奶茶。香织也打开了日本茶的盖子。

"说起来,他倒是很喜欢喝可可。"香织喝了一口热乎乎的茶,"每次去饭馆,他都会去自取饮料机那儿不停地续杯。"

"他爱吃甜食?"

"看不出来吧?不过他也爱喝酒。"

可是,再也不能和他去饭馆了,再也不能和他去小酒馆干杯了。

"你的身体怎么样?运动过多不好吧?"加贺握着易拉罐,边走边问。

"没关系,听说稍微运动一下比较好。"

"这样啊,那就好。对了,怀孕的事情已经告诉其他人了吗?"

"还没有呢。我正准备告诉老家的朋友们。"

"他……八岛先生呢?他没有告诉什么人吗?"

不是嫌疑人八岛,而是八岛先生。听到加贺这么说,香织心里感到一阵安慰。

"没有。说起来,他最近应该没见过什么人。"

无论是香织还是八岛,在这里都没有什么特别亲近的人。如果有,很多事情都能有人商量了。

很快,加贺在一个大十字路口前停了下来。旁边的店铺挂着一个很大的招牌,上面写着"人形烧"。

"请问,我怀孕和案件有什么关系吗?"

"现在还不清楚。对了,你知道水天宫这座神社吗?那儿是有名的祈祷产子顺利的神社。"

"好像听说过……"

"你去过吗?"

"没有。"

"也没和他谈过这些?"

"没有……"香织下意识地摸了摸肚子。祈祷产子顺利——她根本就没考虑过这些事情。如果是一对普通的夫妻,周围会有很多人向他们提这样的建议吧。"有什么问题吗?"

加贺指着路口对面说:"那儿有个派出所。"

"嗯。"

"这么说可能有点不好理解。那个派出所的对面就是水天宫,所以,这个路口的名字是……"

香织顺着加贺指的信号灯看去。"啊,水天宫前。"

"实际上,被害人青柳武明去水天宫参拜过,而且是定期去参拜。"

"啊?"香织回头看着刑警。

"怎么样?对于这件事,你能想到什么吗?"

"我不太明白你的意思。青柳武明,这个人我根本不认识。"

加贺脸色平静地点了点头。看上去,他对香织的回答并不感到意外。"果然如此,我知道了。"

"到底是怎么回事?"

"不清楚。"加贺摇了摇头,"可能在哪儿还有一个怀孕的人吧。"

"在哪儿……"

加贺苦笑了一下,挠了挠头说:"到底是怎么回事,我也完全不明白,所以只能再次回到原点。"

看着他的脸,香织突然明白了。这位刑警并不认为冬树是凶手,所以才会如此苦恼。

"太冷了,你还是回去吧。我送你。"

"我没事。加贺先生,我有一个请求。"

"什么?"

"从这里可以走到案发现场,对吧?你能带我去吗?"

加贺睁大了眼睛。"现在吗?"

"嗯。会给你添麻烦吗?"

"那倒不会,不过……"加贺皱着眉头思索了一会儿,很快,他用力地点了点头,"我知道了,但有一点我想确认的是,你稍微运动一下,真的没有问题吧?"

"医生是这么说的。"

"那好,我带你去。"

信号灯正好转为绿色。看到加贺向前走去,香织跟了上去。

他们沿着人形町路走,在路口左拐。大多数店铺已经关门,还在营业的都是可以喝酒的店。

"八岛先生是一个什么样的人?"加贺问,"他有什么爱好吗?比如看书什么的。"

"嗯……"香织说,"我没见他看过书,他连漫画都不怎么看。硬要说有什么爱好的话,也就是看看体育节目。他常在电视上看棒球比赛、足球比赛什么的,不过他好像也不怎么懂这些。"

"你说案发前一天,你们去看电影了。他喜欢看电影?"

"啊……我们常去看。不过因为没钱,要么像这次一样,是别人给的票,要么是试映会的时候去看。"

"试映会?"

"对。只要有试映会,我们就会立刻申请,还经常中选呢。"

"是吗?有什么诀窍吗?"

"有。"

听到香织如此肯定的回答,加贺有些意外,转头向她看去。

"明信片。"香织说,"用明信片申请。虽然现在很多试映会都通过电脑、手机来申请,但我们从来不申请那样的,因为那些方法太容易了,申请的人肯定很多,中选率就会变低。而写明信片费时又费钱,大家一般都会对这种方法敬而远之,所以中选率反而很高。"

"这么一说,的确有可能。"

"也有既可以通过网络也可以通过明信片申请的试映会,同样是写明信片申请的中选率高。可能抽签时,网络申请和明信片申请是分开进行的吧。所以,我们虽然没钱,总断不了邮寄明信片。"

"原来是这样。"

"再就是,信息来源也非常重要。在手机上能轻易查到的信息,竞争肯定很激烈,所以要尽量找网络上没有的信息。"

加贺停下脚步,说:"比如电影杂志?"

"对!"香织竖起手指,"但实际上,光靠这个还不行。因为看电影杂志的人,都是特别喜欢电影的人,他们也很可能会申请试映会。需要关注的是普通杂志的电影栏目,而且不是女性杂志,是男性杂志。"

"为什么这么说?"

"加贺先生,你不知道吧?女人最喜欢省小钱,所以会乐此不疲地申请试映会这样的活动。而大多数男人则认为,与其这么费时费力，还不如直接花钱去看呢。"

"长见识了。"加贺用力点了点头，继续慢悠悠地向前走。

"这些可不是冬树想到的，都是我总结出来的。冬树呀，他要想看什么电影，总是着急去买预售票。你也可以试一次看看，按我说的做，肯定会中选的。"

"好，我下次试试。"

可能是照顾到香织的身体，加贺的步子很慢。和他并排走在一起，香织一点都不觉得疲劳。很快，前面出现了一座桥，加贺告诉她那是江户桥。

穿过一条宽阔的马路，他们上了桥。紧接着是一段台阶，前方有一条地下通道。香织突然想起，新闻上说案发现场在地下通道内。

"这儿就是……"

"是的。"加贺点了点头。

这是一条窄而短的地下通道，刺眼的灯光明晃晃地照着白色的墙壁。

站在通道里，香织的身体开始瑟瑟发抖。这并不仅仅因为天气很冷。这里发生过杀人案，而且冬树被认定是凶手——这个事实像一堵无形的墙向她压来。她无处可逃，只能被压倒在地。

"你没事吧？"加贺问。

香织抬头看着加贺，说："加贺先生，请你相信我。冬树他没有杀人，他不会杀人的。请你相信我，求你了！"

香织明白在这里哭叫也没有用，但还是忍不住喊了出来。她的声音在狭窄的地下通道内回响着。

加贺投来的目光冷静而透彻。这就是刑警的眼睛，香织心想。他的神色分明在说，他只相信事实，绝不会感情用事，也不会为刚才她那番话所动摇。可是，接下来加贺说的话却完全出乎了香织的意料。

是的，我知道——他这样说道。

"哎？"香织凝视着加贺，"你知道……"

加贺点了点头，向出口走去。香织慌忙跟上。

走出地下通道，加贺指着面前的路说："遇刺之后，被害人就是沿着这条人行道，向日本桥走去的。"

"嗯……这个我是看新闻知道的。"香织叹了口气，"偏偏是那个地方……"

加贺有些不解地皱了皱眉，但很快就明白了。"对了，我听松宫说，你们是搭车来的东京。"

"嗯……"

"那里有你的回忆，要不我们就到这儿吧。"

"不，我想去。"香织干脆地说，"我想再去看一次。"

"好。"

两人并排向前走去。这里是东京的中心地区，而且现在还没到深夜，这条路上却几乎没有行人，也没有过往车辆。遇刺的人从这里走过确实很难被别人发现。

"抱歉，我这样问也许很失礼。"加贺说，"孩子的事情，你准备怎么办？以你现在的情况，养育孩子会面临很多困难吧。"

"你是说最好别生下这个孩子？"

"我不是这个意思，只是——"

"我要把孩子生下来。"香织打断了加贺的话,边走边把右手放到肚子下方,重复道,"我要把孩子生下来。如果没有这个孩子,我真的就成孤身一人了。我知道会很困难,没有父亲,这个孩子也许会吃很多苦。不过,我会想办法的。我会想办法活下去。"

香织不由自主地加重了语气,好像同时也在对自己宣誓:我绝对不能倒下!为了这个孩子,我一定要好好活下去!

加贺没有说话。他是怎么想的呢?香织悄悄扭头看他的侧脸,而他只是直直地面对前方。

"……你肯定觉得我只是嘴上说说,"香织说,"觉得我把这世道想得太简单了。"

加贺转向她说:"你能把这世道想得简单一点,我倒放心了。如果你觉得四周一片黑暗、陷入绝望,反而让人担心。"

"加贺先生……"

"没问题的。我知道好几位独自把养大孩子的母亲,她们都很厉害。松宫的母亲就是其中一位。"

"那位刑警先生?不会吧?"

"看不出来吧?怎么说呢,他看上去倒像是个没吃过苦的富家子。"

香织也是这么想的,她点了点头,感到勇气又增加了一些。

日本桥出现在眼前,石头栏杆看上去气派而稳重。香织想起第一次看到日本桥时的情景。记得她和冬树当时都非常吃惊,东京高速公路的下面竟然还有这样一座桥。

他们从派出所旁边经过,向桥走去。刚上桥,加贺便停下了脚步，盯着前方。

桥中央有个人影，一动不动。那人身上披着一件连帽衫，是个高中生模样的年轻人，正抬头望着栏杆上的路灯。

年轻人转身朝这边走来。突然，他像一台坏了的机器一样，停住了脚步，一动不动，脸上满是惊讶。他没有看香织，而是盯着加贺。

加贺走过去，和他说了句话。可他好像根本不打算和加贺说话，不耐烦地摆了摆手，一转身跑了。

香织走上前去。"刚才那人是谁？"她问加贺。

"被害人的儿子。我们告诉他被害人当时靠在了这座雕像下面。他可能是过来看看吧。"加贺抬头看着身旁的雕像。这是两座酷似龙的雕像，中间夹着路灯。

"这是龙吗？"

加贺笑了笑，说："看上去很像。这是中国传说中的一种动物，麒麟。不是有同名品牌的啤酒吗？"

"哦，"香织点了点头，"原来是有翅膀的？"

他们面前的麒麟的确长着翅膀。

"本来麒麟是没有翅膀的，不过，当时给这座桥安装麒麟像的时候，人们决定给它加上翅膀。"

"为什么？"

"因为这儿，"加贺指着道路的中央说，"是日本道路的起点。你也很了解这一点吧？"

"道路元标……是吗？"

"日本道路元标。意思是，人们从这里飞向日本各地，所以，这里的麒麟背上有翅膀。"

"原来是这样……"香织再次抬头向麒麟像看去。

就像那时心中怀着梦想的自己和冬树。当时他们离开乡下,一路搭车来到这里,但这里并不是终点。在这里,一切都将重新开始。那时的他们心中充满希望,觉得自己好像长了翅膀,一定能飞向光明的未来。

可是,最终没有飞起来。冬树飞向了天国,仅此而已。

22

"案发前一天，嫌疑人八岛冬树和同居的中原香织约好晚上八点在银座的电影院门前见面，一起看电影。稍早到达的八岛在附近溜达，发现了位于京桥的家具店紫罗兰房的招聘广告。他走进店里，咨询详细情况，店里的员工告诉他社长已经下班，让他次日下午六点再去一趟。"

小林响亮的声音回响在安静的会场上。这次会议，几乎所有侦查员都出席了，管理官等人也一个不少地坐在前面的领导席上。

"那天两人如约看了电影，随后一起回到家。中原不知道招聘广告的事，但据推测，八岛并不是故意瞒着中原，只是没来得及告诉她。中原外出打工后，下午五点多八岛也出了家门。那时，他给中原发了一封邮件告诉她自己要去面试。下午六点过后，八岛来到紫罗兰房，但招聘广告的内容和他的预想并不一样。同情八岛的社长告诉他江户桥那里有一家同行的店，建议他去试试。据推测，八岛离开紫罗兰房后，向社长告诉他的吾妻家具走去。但是，吾妻家具在下午六点半已经结束营业。目前并不清楚八岛有没有走到吾妻家具，但我们推测他在江户桥附近的路上遇到了被害人青柳武明。据推测，曾经在金关金属工作过的八岛希望对方能够再次雇用自己，于是叫住了青柳。那时他可能已经对青柳提到了隐瞒工伤的事情。作为生产部本部长的青柳，应该不记得这名曾经的短期劳务派遣员工。但从二人之后去了附近的咖啡厅这一点来看，能够想象青柳可能自觉理亏。他们在咖啡厅里谈了不到两个小时后离开。然后，不知是由哪方提议，他们向江户桥走去。进入江户桥前面的地下通道后，见周围没人，八岛刺杀了青柳，抢走了他的钱包、公文包，随即穿过江户桥逃窜。不清楚他的逃跑路线，但最后他藏到了滨町绿道公园。晚上十一点后，他给中原打电话，说：'我干了件大事……完了！'这时他被警察发现，再次开始逃跑。在新大桥路上，他被卡车撞上，随后被送往医院。"

小林的视线离开手里的文件，抬起头说了一句"发言完毕"，回到了座位上。

石垣向管理官看。"各位觉得如何？这就是以八岛是凶手为前提，整理出的已确认信息。"

管理官噘着下嘴唇，不满意地说："那凶器呢？怎么没提到刀的事情？"

"凶器由其他人汇报——坂上。"

听到被点名，坂上站了起来。

"没有找到能够证实案发现场的刀属八岛所有的证据，但是八岛在建筑公司工作的时候就经常携带电工刀等操作工具，因此案发现场的刀很有可能是他购买，或是从别人那儿得到的。此外，专家的意见是，案发现场的刀是一把户外用刀，适合削切木头，多用于木工作业。发言完毕。"坂上说完便坐下了。

管理官仍然一副不满意的神色。"这能说明什么？并不能证明案发当天八岛带着那把刀啊。"

"管理官，"石垣说，"八岛去紫罗兰房是想应聘工匠。"

"工匠？"

"木匠。但是紫罗兰房招聘的是商店搞活动需要的临时工，所以紫罗兰房的社长告诉了他另外一家店。"

"他想当木匠？所以会携带刀？"

"如果他想应聘木匠，也许会考虑到面试时被要求现场做木工活。所以他带着自己的工具去，完全是有可能的。"

"这样啊。"管理官的脸色立刻阴转晴，他抱着胳膊，往椅背一靠，"工匠嘛，总是很认自己的工具。嗯，这样就可以了嘛。"

"这样看上去倒是没什么矛盾。"

"好，就这么办。按这条线推进。"

"明白。"石垣回答道。但是，他并没有管理官那么高兴。

会议结束后，侦查员们按照小组集合。负责松宫他们这组的小林一副无精打采的样子。

"这样行吗？"松宫小声问小林。

"你是说刀的事情？"

"对。"

小林眉头紧蹙，挠了挠眉毛，说："没办法呀。上面的人一个劲地催着赶快结案,尽快弄出没什么纰漏的卷宗。就算组长不认同,他们也不会放在心上。"

"我觉得事情没有这么简单。"

"我也觉得很奇怪。要想干木工,应该会用专业的木工工具。可没办法啊,上面怎么说,我们只能怎么办。"

看到小林一副有苦难言的表情,松宫没再说什么。他再次意识到,自己这些人毕竟只是小兵而已。

讨论的结果是,松宫和加贺根据手机里的通话记录,再次去调查认识八岛冬树的人,目的是查明瞒报工伤一事对八岛的伤害到底有多大,以便进一步证实石垣和小林的推断的真实性。

"看现在的形势,完全把八岛当作凶手了,你觉得这样对吗?"在走廊里,松宫边走边问身边的加贺。

加贺没有说话,但他的气势让松宫感觉到,他心里分明在说"不对"。

"对了,金森小姐给我发邮件了,"一走出警察局,松宫就说道,"她说想和你商量一下两周年忌的事情,也给你发了邮件,但没有收到回复。"

"现在哪顾得上这些。"加贺冷冷地说。

"说两句话的时间总有吧?金森小姐也很忙,但人家都说可以来这边和你见面。恭哥,你要是不给她回信,我可就看着安排了。"

"随便你。对了——"加贺停下脚步,看了看周围,"想拜托你件事。"

"两周年忌的事情?"

加贺眉头一皱，摆摆手说："当然不是，是工作的事情。给我放会儿假吧，半天。"

松宫看着表哥。"你到底要干什么？"

"告诉你吧，我想露一手。"加贺看着车道说，"不过很有可能白跑一趟，所以我一个人去。如果有成果，我会向你汇报。"

"你不能告诉我要调查什么吗？"

加贺考虑了一会儿，盯着松宫说："据说八岛冬树喜欢喝可可。"

"可可？"

"据说他去饭馆的时候，在自取饮料机那儿只接可可喝。"

"你什么时候听说的？"

"昨天晚上。和你分开之后，我在滨町绿道公园遇到了中原香织。"

"你和她……"

"咖啡厅的店员在谈到青柳时是这么说的：不记得他点了什么，但肯定是点了两杯相同的饮料。那家店里有可可，所以如果和青柳见面的人就是八岛，那点两杯可可的可能性很高。"

"你想说什么？"

"我确认了一下尸体解剖的结果，未消化物中没有可可。"

松宫吃惊地瞪大了眼睛，同时张大了嘴。

"我推测，八岛并没有去咖啡厅。"

"难道和青柳在一起的另有其人……"

"没错。"加贺紧绷的嘴角松弛了许多，但眼角看不出笑意。

"那人才是真正的凶手？"

"这个嘛,"加贺摇头思索着,"现在还不知道。但是,如果八岛并没有去咖啡厅,刚才会议上的推断就会被完全推翻。"

"可是咖啡厅的店员并没有看见青柳当时的同伴,要证明这一点可不容易。"

"是吗?证明一个人不在现场,我们不是有常规手段吗?经常用的。"

"常规手段?"松宫想了一会儿,"不在场证明?"

"没错。"加贺点了点头,"如果八岛冬树不在咖啡厅,那他从离开紫罗兰房到案件发生这大约两个小时的时间里,会在哪里做什么呢?我要查清这一点。"

"查清?你准备怎么做?"

加贺没有回答,只说了一句"晚上见",便迅速转身大步走开了。松宫没来得及叫住他。

23

看到悠人走进咨询室，真田好像看见了什么晃眼的东西似的眨了眨眼睛，指着对面的椅子说："坐吧。"

悠人拉开椅子，坐了下来。

"怎么样？平静一些了吗？"真田问。

悠人摇了摇头。"怎么说呢？事情还没结束，现在没法平静下来。"

"也是。"真田叹了口气，目光落到手头的资料上，"可能你现在还没有心思考虑其他事情，但我需要和每个人都谈一下，所以也把你叫来了。我想听听你现在的想法，你能回答多少就回答多少吧。"

"好。"悠人说。

"那我就直接切入主题了。刚升入三年级时，你在面谈中说过希望上大学，现在这个想法应该没有改变吧？"真田看着资料问道。

悠人没有立刻回答这个问题。准确地说，他不知该如何回答。

真田抬起头来。"怎么？有变化吗？"

悠人把憋在胸中的一口气吐出来，开口说："我很犹豫。"

"犹豫？为什么？"

"因为……"悠人低下了头。

"钱的问题？"

"也有这个原因。"

"也有？其他还有什么？"

悠人陷入了沉默。现在他还什么都不能说。

"青柳，"真田说，"你先抬起头来。"

悠人抬起头，但眼睛还是看着下方。

"我明白你的心情。你父亲发生了那样的事情，你肯定很为家里担心。上大学要花不少钱，所以你打算先工作，减轻母亲的负担。你是这样想的吧？"

真田说的和悠人心里想的根本不是一回事，但悠人还是回答道："差不多吧。"

"嗯。"真田点了点头，"我也料想到你会有这种想法。你的想法很了不起，如果你真的只能这样选择，我一定大力支持你。不过，青柳，这样的选择也并不容易。首先，高中学历很难找到工作。虽然每年我都会帮助几个学生就业，但是一年比一年困难。就算你想养活家人，也至少等大学毕业吧，或者上专科学校也行。"

这番话悠人根本就听不进去。他既没考虑就业，也顾不上考虑升学。最重要的就是眼下。眼下，到底该怎么办？

"有能帮助你的人吗？比如亲戚？"看到悠人还不说话，真田只好继续说，"以你父亲那样的职位，应该有积蓄吧。"

"这些事情，我也不太清楚。"

"你和你母亲谈过这些吗？"

"出事之后，没谈过。"

"是吗？"真田的双手在桌上交握，继续说，"你应该和你母亲好好谈一次。我想她肯定希望你继续升学。至于钱的问题，可以通过奖学金来解决，或者再想别的办法。总之，你应该和你母亲好好谈谈。"

"我知道了。"

走出咨询室，悠人回到教室。已经放学了，但教室里还有几个男生，杉野也在。看到悠人，大家纷纷拿起书包走出教室，只有杉野没走。

"你不和他们一起走？"悠人问，"和我在一起，多难受啊。"

杉野一皱眉，说："没这回事。"他的声音听上去有气无力。

"算了，不说这个了。我找不到黑泽，你有他什么消息吗？"

"黑泽？"

"我给他发了邮件，但没收到回信，给他打电话也打不通。那家伙换手机了吗？"

"不清楚。你找黑泽干吗？"

"我有事要说。还有你，我们三个人。"

杉野一下子明白过来，眼睛瞪得浑圆，表情僵住了。"有事？不会是……"

"嗯。"悠人点了点头，"就是那事。"

杉野转过脸去。"事到如今，还要说什么？"

"不是事到如今，而是一直以来大家都以为没事了，所以我有话要说。"

杉野低着头问："有人对你说什么了吗？"

"并没有人——"悠人咽下了后面的"说什么"，改口道，"对，或许是有人说什么了。"

杉野一下子抬起眼。"谁？"

"我老爸。"

"什么？"杉野哆嗦了一下，"可是你父亲不是已经……"

"算了，别管这些了。反正就是这么回事，你联系一下黑泽吧，拜托了。"说完，悠人拿起书包走出了教室。

走出学校，悠人从三五成群慢悠悠走着的同学们身边穿过，向车站奔去。他感觉得到，自己脸上正微微泛红。冰冷的空气让他感到非常舒服。想到今后自己就要重新出发，他的心情变得沉重起来。他要背负的东西也许会沉重得把他压倒，但是不能再逃了，不能再躲避现实了。

悠人乘上地铁，在中目黑站下了车。走到家附近时，他看到前方有一个熟悉的背影。

悠人加快步伐，追上那人。那人也发现有人来到身旁，便停住了脚步。

"啊，悠人。"小竹的方脸上挤出笑容，"刚回来？"

"嗯。你到我家有事？"

"是啊，公司有好多事情要向你们传达，我是负责联络的嘛。"

"瞒报工伤的事情怎么样了？"

听到悠人的问题，小竹有些不快地撇了撇嘴。"那件事情已经处理完了。可能让你们难受了，但你不必在意，最好忘了它。"

"处理完了？你们怎么处理的？我老爸……青柳武明是所有事情的幕后指使者，这就算完了？"

"幕后指使者？哪有这么夸张。"

看着别过脸苦笑的小竹，悠人全身一阵发热。"那你呢？"他咆哮道，"你什么责任也不用负？"

小竹拉下脸，瞪着悠人。"我告诉你，我也被立案审查了，也被认定参与了这次瞒报工伤的事。"

"可是公司没有开除你吧？也没把你的厂长职位撤了吧？你把一切都推到了我老爸身上！"

"我只是按指示办事而已，听你父亲的指示。"

"你撒谎！"

"我撒什么谎了？！"

"我告诉你，我老爸根本不会做出这么卑鄙的指示。一切都是你自己的主意！"

"你说什么？一个小孩子，懂什么！"小竹扔下这句话，准备走开。

一股热血在悠人体内翻腾起来，他身体顺势一动，一记拳头狠狠地打到了小竹的方脸上。

24

加贺打来电话的时候,松宫正准备去见第四个谈话对象。时间刚过下午五点。在之前见到的三个人那里,松宫没有发现任何有用信息。所谓八岛认识的人,不过是短时间内和他在同一个地方打过工的人。他们也仅仅是在面试后说过几句话,互相留过电话号码、邮箱,但实际上没怎么联系过。

松宫边走边接起电话。"是我,你发现什么了?"

"还不清楚。你现在在哪儿?"

"在……龟户。"松宫看了看四周说道。

"那正好。你先别调查了,帮我个忙。"

"干什么?"

"你带中原小姐过来一下,我需要她确认一件事情。"

"等等。带她过去?到底去哪儿?你现在在哪儿?"

"书店。"

"书店?"松宫站住了。

加贺说出店名,是日本桥一家很有名的书店,书店大楼正对着中央路。

原来如此,松宫心想。女人则另当别论,若是一个男人要在大街上消磨时间,并没有什么去处,也就能去咖啡厅什么的。可是没钱的八岛不可能一个人去那种地方。从这一点来看,站着看看书倒是不用花一分钱,所以去书店是一个合理的选择。

"你要让她确认什么?"

"来了就知道了。拜托!"说完,加贺挂断了电话。

"什么啊,故弄玄虚!"松宫抱怨了一句,对出租车招了招手。

中原香织正在家里。可能是因为没有化妆,她的脸色看上去有些差。听到松宫说想带她去一个地方,她露出了困惑的神色。

"如果是关于这次的案件,我已经没什么要说的了。"

"不是这个,是想请你确认一件事情。"

"确认?"香织仍是一副犹疑的神色。

"说不定……"松宫犹犹豫豫地说,"能消除八岛的嫌疑。"

香织瞪大了眼睛。"你是说能证明他是无罪的?"

"这个还不知道。我只是说有可能。"

香织深吸一口气,盯着松宫说:"请等我十分钟,好吗?我收拾一下。"

"当然可以。"松宫回答。

中原香织梳洗好之后,松宫和她打车去日本桥。在车上,她又问到底是要确认什么事情。她对此非常在意是当然的。

"具体情况我也不清楚。加贺正在那边等着。"

"加贺先生……"

"听说你们昨天见面了。说了些什么?"

"没说什么特别的,就聊了聊电影试映会中选的诀窍。"

"诀窍?"

香织简单复述了一下昨天她和加贺的谈话。听到这些,松宫明白了。通过可可这一点,加贺确信和青柳武明去咖啡厅的并不是八岛冬树。和香织聊过试映会的事情后,加贺推测八岛可能去了某家书店。

出租车到达目的地。松宫给加贺打过电话后,带着香织往书店走去。香织一脸吃惊地抬头看着书店大楼。

加贺正在书店入口,他朝松宫点了点头,对香织说:"抱歉,让你跑一趟。"

"也许能证明他是无罪的,对吗?"

"现在还不知道。总之,请跟我来。"

加贺催了她一声,向前走去。松宫跟在他们后面。

打开员工专用间的门,转到书店卖场的后面,再穿过摆满纸箱的过道,三人来到一个狭窄的房间。房间的墙上挂着很多显示器,椅子上坐着一名保安模样的中年男子。

"原来是监控。"松宫明白了加贺的目的。

"在日本桥,人们如果去书店,一般会先来这家书店。店内并不是每个角落都有监控,但如果在书店里待了两个小时,很有可能会被某个摄像头拍到。"

"原来如此。可是,这么大的店,摄像头的数量可不是个小数字啊。"

"还行吧。把案发当天下午六点半到八点半的所有录像都看了一遍,眼睛是有些累。"加贺揉着眼睛说。

松宫盯着面前这位既是表哥又是前辈的刑警。在搜查一科,大家公认日本桥警察局的加贺是一员得力干将。松宫又一次意识到,加贺确实能干,他最大的武器就是这股甚至让人难以忍受的执着。

"对了,你想让中原小姐确认什么?"

"嗯……麻烦您再放一遍刚才的录像。"

听到加贺的话,保安开始操作机器。显示器上出现了不断变换的画面,最后定格在一个静止的画面上。上面有一些顾客正在站着看杂志,几乎全是女性,估计是女性杂志卖场。

"中原小姐,现在开始播放画面,可以吗?如果你注意到什么,请告诉我们。"

香织贴近了显示器。

"请开始。"加贺说。

画面动了起来,但并没有什么特别的变化,只是站着看书的女顾客有的走了,又有新的女顾客加入进来。

"啊!"很快,香织喊了一声。

"停!"加贺指示道。

"这是冬树。"

松宫凝视着她指的位置。一名男子正从一名站着看书的女顾客身后走过。因为是从斜后方拍的,看不清男子的脸,但确实很像八岛冬树。

"请再播放一遍刚才的录像。"加贺对保安说。

画面从头开始播放,香织看完后使劲点了点头。"没错!"

松宫感到身体一阵发热。画面下方显示的时间是十九点四十五分,正是青柳武明在咖啡厅的时间。也就是说,和青柳武明去咖啡厅的并不是八岛。

"现在,请看下面的录像。"加贺沉着地说。他和兴奋的松宫形成了鲜明的对比。

另一段录像开始播放了。很快,香织又喊道:"是冬树!"松宫也看出来了。画面上的人从对面的书架上取了一本杂志。很遗憾,画面上出现的是背影,但从服装能辨认出是八岛冬树。他在那里停留了二十多分钟,但到最后也没往摄像头的方向看一眼就走开了。

"下面是最后一段录像。"

第三段录像拍摄的是另外一个地方。画面上人很少,两侧都是书架,看上去不是杂志卖场那样热闹的场所。

"那儿!"松宫喊了一声。只见画面上出现了一名男子的背影,看上去正是八岛冬树。男子站住了,从右侧的书架上拿了好几本书。从显示器上不时能看到一张很像八岛冬树的侧脸。最后,男子没有买书,离开了。

"这也是冬树,没错!"香织肯定地说。

加贺点了点头。"既然你这么说,那很有可能确实如此。"

"这样就能证明冬树无罪,是吗?"香织用求助的眼神看着加贺。

加贺没有回答,转而对松宫说:"你送中原小姐回家吧。"

"为什么?"香织高声说,"你们说能证明冬树无罪,我才来的。"

加贺低下头,叹了口气,注视着香织说:"证明一件事情是要花时间和精力的,请你理解。"

香织一言不发。加贺看了看她,对松宫说:"送她回去吧。"

松宫带着香织走出房间。香织一直沉默着,松宫也不知该和她说些什么。加贺说得没错,不该随随便便让她抱有幻想。

走出书店,香织说:"送到这儿就行了。"

"为什么?我把你送回家。"

香织摇了摇头。"好不容易到这儿了,我想在附近走走。这是他最后来过的地方。"

"嗯……也对。"

"刑警先生,"香织用真挚的目光看着松宫,"拜托你们了!"说完,她深深地鞠了一躬。

"我们一定尽最大的努力。"这是一句客套话,但却是发自内心的。

目送香织走远后,松宫回到刚才那个房间。加贺正坐在显示器前。

"你没把她送回家?"

"她说想在附近走走。对了,你准备怎么处理这些录像?"

"当然要带回本部。但光靠这些,是不能说服头儿们的。"

"什么意思?"

加贺看着显示器。"现在并没有确凿的证据证明录像里的人是八岛冬树。我只是觉得很像,所以让中原小姐来确认一下。即使她说是,也不能成为证据,因为她不是第三方。"

松宫盯着显示器说:"没有脸部更清晰的录像了吗?"

"都确认过了。遗憾的是,刚才看到的就是全部了。"

松宫咬着嘴唇。显示器定格在最后一个画面上,八岛正把手里的书放回书架,准备离开。

松宫脑中闪过一个念头,他指着显示器说:"指纹!从架子上的书上提取指纹,说不定能发现八岛的。"

"有道理,这个办法可以考虑。"

"这是哪一层?赶快把图书收集起来,要是被别人摸过或者买走就麻烦了。你快告诉我,这是哪一层?"

"不用那么激动,证据跑不了的。"

"可是——"松宫咽下了后面的话,因为加贺从桌子下面拿出了一个纸袋,里面装着很多书,其中有一本《日本百强科幻电影》。

25

　　视线从笔记本电脑的屏幕上移开后,石垣板着脸嘀咕了几句。屏幕上播放的是书店的监控录像。

　　日本桥警察局这间狭小的会议室里,松宫、加贺和石垣相对而坐。加贺认为暂时不告诉其他人为好,于是只叫来了石垣。

　　"你还是一点都没变啊。"石垣看着松宫身边的加贺,"听说你不愿意被上面管住才特意留在辖区,这传言果然不是空穴来风。"

　　"这是我和松宫警官商量之后决定的。"

　　"哼,这谁知道。"石垣撇了撇嘴,"算了,不说这些了。这录像里的人,看上去确实很像八岛,不过也仅此而已。"

　　"所以,要对书上的指纹——"

　　石垣摆手制止了松宫后面的话,抱起粗壮的胳膊,叹了口气,闭上眼睛。

　　松宫能猜到上司正在想什么。如果发现了八岛的指纹,案件的设想会被彻底推翻。该怎么向上面的领导汇报,今后的侦查方针该如何制定，这些问题都不是立刻就能回答的。

过了一会儿，石垣睁开眼睛，来回瞪着松宫和加贺。"去找鉴定科的人吧。突然冒出这事，他们可能不会给你们好脸色。"

松宫憋在胸中的一口气吐了出来。"谢谢！"他低头说。

"等等！"石垣双手撑着桌子，向前探身，"如果没发现八岛的指纹，就把录像这回事忘了吧，可以吗？"

松宫向身旁看去。"可以。"加贺回答道。看来他对这个结果一点都不意外。

"好，辛苦了！"话音刚落，石垣突然又想起了什么，"对了，傍晚时，被害人的儿子被带到了目黑警察局。"

"儿子……悠人？"松宫说，"被带到局里？他干什么了？"

"伤人，据说他在路上把金关金属的人打了。打人之前他们在路边大声争执，所以附近的人报了警。"

"金关金属的人？"

"听说是工厂厂长。"

"啊……"松宫想起来了，是那名姓小竹的男子。松宫在工厂见过他，那人还接受过电视采访。

"悠人为什么打他？"松宫问。

"据目击者说，儿子力争父亲是无辜的，大声喊叫着说自己父亲绝对不会做那种卑鄙的事情。"

"哎？"松宫和加贺对视了一下。

"他妹妹刚自杀闹了一场，真是一群让人头疼的遗属。被打的男子也不想把事情闹大，那家儿子很快就被送回家了。总之，告诉你们这个情况。"

"知道了。"说完,松宫和加贺一起走出了房间。

"那家太太现在的心情可够难受的。"松宫说,"命案确实就像癌细胞,不幸会一点点蔓延开。"

"你说得没错,但有一点很奇怪。"加贺望着天空。

"什么?"

"悠人为什么会为他父亲的事情勃然大怒?之前他不是还说过他父亲是自作自受吗?"

"我敢肯定,其实他是相信他父亲的。先不说这个,录像的事,按组长说的那样处理就可以了吗?"

"仅仅靠录像,说服力太弱了。希望能发现八岛的指纹吧。"加贺看了看手表,"七点五十了?刚好能赶上。"

"你有约会?"

"我约了人见面,你也一起去。"说完,加贺大步走了起来。

"什么我也去?对方是谁?"

"你说什么呢?不是你让我早点联系的吗?"

"啊?啊!不会是……"

"金森小姐,"加贺很干脆地说,"我们约好了八点在人形町见面。"

"恭哥你和她联系的?"

"刚才在书店等你们的时候约的。我预留出时间,约的八点,不过现在快赶不上了。"

"原来是这么回事。可是,为什么约在人形町?约在银座这边不是更方便吗?"

"我也是这么打算的,但她想去人形町那边的一家西餐厅。"

203

"哎？"

时间很紧张，所以他们在警察局门前乘上了一辆出租车。车开到人形町的大门路上，他们下了车，很快就看到了西餐厅的招牌。那是一栋旧时民宅风格的二层小楼。

进门后，他们被带到二层，铺着榻榻米的大厅里摆着长方形的矮桌，他们一下就看到了金森登纪子。她坐在靠里的位置上，面前放着一本打开的笔记本。看到松宫他们，她露出了笑容。

"好久不见。"加贺和松宫低头致意后，盘腿坐到登纪子对面的坐垫上。

"真的好久不见了。不过你们气色都很好，真让人高兴。"

登纪子眼睛弯弯地笑着，她比两年前瘦了一些，但笑容依旧那么阳光。"这次的案件，你也是和加贺先生一组吗？"

"凑巧，凑巧。"松宫说。

加贺打开菜单。"这里必点的招牌菜是炖牛肉，还有炸肉饼。当然，其他菜也都很好吃。"

"那就交给加贺先生了。"

松宫也同意登纪子的话。加贺想了一下，叫来女店员，点了几样菜。看他娴熟的样子，这地方他应该来过好几次。

"怎么样？你能挤出点时间吗？"举杯喝过啤酒之后，登纪子问加贺。

加贺喝了一口啤酒，歪着脑袋说："还不好说，得等这次的案件结案后再说。"

"不是说日本桥杀人案已经基本结案了吗？"

"那只是媒体自作主张。现在还没有任何证据能证明那个已"

经死亡的男人就是凶手。"

"是吗？这些事情太复杂了，我不懂……总之，就按上次说的日程办，好吗？"登纪子的语气听上去很柔和，却不容反驳。

"嗯。"加贺含混地点了点头。看着表哥在这位小姐面前束手无策的样子，松宫觉得很过瘾。

菜端上来了。炸肉饼喷香浓郁，非常适合下酒。炸虾松软可口，味道鲜美。加贺推荐的炖牛肉肉质鲜嫩，入口即化。

登纪子对菜品赞不绝口，但也没有忘记今晚见面的目的。她不时放下餐具，翻开旁边的笔记本，向加贺确认两周年忌的程序。亲戚朋友的联系方式、给出席者的回赠品、法事之后的聚餐地点，有很多事情需要确定。可是，加贺的回答只有"差不多就行""你看着办吧"。

"加贺先生！"登纪子的脸色有些可怕，"这可是你父亲的两周年忌。你就不能再拿出点热情来，认真考虑一下吗？"

加贺津津有味地喝了一口饭后咖啡，摇摇头说："我早就说过，我个人并不认为有办周年忌的必要。可是金森小姐你说，我应该为大家提供思念故人的机会……"

"对加贺先生来说也非常必要。"登纪子说，"一年至少一次，你应该怀念一下你父亲吧？"

"我没有说我不怀念他。只是，这件事情对我来说已经过去了。"

"过去了？什么意思？"

"我和我父亲之间的问题已经全部了结，没有必要再回顾往事。"

"你错了，你根本什么都不明白。"

登纪子的口气非常坚决，连在旁边听着的松宫都吓了一跳。

"我不明白什么？"加贺问。

"你父亲最后的心情。不得不和这个世界告别时，他的心情是怎样的，你想过吗？"

加贺平静地放下咖啡杯。"嗯，他肯定想了很多吧。但是，我有必要考虑这些吗？"

"你好好想想。你是他唯一的骨肉，你知道他有多么想见你吗？"

松宫吃了一惊，看着加贺。

加贺脸上浮现出一丝苦笑。"这件事情，我应该和你说过。这是很早以前我和父亲两个人的决定。"

"离家出走的夫人……你母亲亡故时孤身一人，没能见到独生子，所以自己去世的时候，儿子也不必在身边——你父亲是这么说的吧。"

"你说得没错。"加贺点点头，"这是男人之间的约定。"

登纪子唇边浮现出一丝嘲笑。"真无聊。"

"你说什么？"加贺的声音低了下去。

"我是说，在他身体健康的时候和你定下的约定没有任何意义。加贺先生，你面对过人的死亡吗？"

"见过太多次了，我都数不过来。毕竟这是我的工作。"

登纪子轻轻地摇了摇头。"你见到的是尸体，不是人。我见过很多即将离世的人。在死亡临近的时候，人们会回归本心，扔掉所有自尊心和意气用事，直面自己最后的心愿，而接受他们发出的信息是生者的义务。加贺先生，你放弃了自己的义务。"

她的话一句句砸在松宫心上，堆积成沉重的一团。加贺会怎么反驳呢?

松宫向旁边的加贺看去。只见他沉默着,一动不动。从侧面看,他的表情有些痛苦,这是松宫很少见到的。

"对不起,"登纪子平静地说,"我可能太自以为是了。加贺先生和父亲的告别方式也很好,只是,如果你可以多少考虑一下你父亲的心情……这是我的心愿。"

加贺眉头紧蹙,舔了舔嘴唇,低声说了一句"谢谢"。

吃过饭,三人走出饭店。正好有一辆空出租车从他们身边经过,加贺抬手拦下。

"今晚谢谢招待,晚安。"说完,登纪子坐进了出租车。

看着出租车离开后,加贺迈步向前走去。看来他并没有乘出租车的意思。

松宫跟了上去。"很少见你被说得哑口无言呢。"

加贺没有回话,径直向前走去。看他的表情,完全猜不出他在想什么。

前面就是江户桥。看加贺的样子,他并没有回警察局的意思,好像要去案发现场。对此,松宫一点都不感到意外。

走过江户桥,他们走进那条地下通道。在走出地下通道的瞬间,加贺停住了脚步,但很快继续向日本桥走去。一路上,他一言不发。

经过日本桥派出所,走上日本桥,加贺在桥中央停下脚步。在他身旁是背对背竖立着的两尊麒麟像。加贺抬头凝望着它们。

"接受他们发出的信息是生者的义务……吗?"加贺低声说着。突然,他猛地睁大眼睛。松宫看到加贺眼中闪着炯炯的光芒。

加贺迈开大步。松宫慌忙追了上去。

"现在去哪儿？"

"回局里。我可能弄错了一个重要问题。"

26

修文馆中学位于一片安静的住宅区。门柱上雕刻的校章泛着暗淡的光芒,让人感到这是一所历史悠久的学校。

加贺已经来过一次,他露出一副很熟悉这里的神色,走进校门。松宫在后面跟着。

今天我们想自由活动——侦查会议后加贺和松宫对小林说。小林和石垣商量了几句,带着想一探究竟的眼神回到他们身边。

"头儿说可以。不知道你们要干什么,但回来要好好汇报。"

"这是自然。"

松宫低头致意,准备离开。突然,他的手腕被抓住了。小林把脸凑到他耳边,说:"你只告诉我,凶手不是八岛,对吗?"

"这个,现在还不……"

松宫的手腕被抓得更紧了。

"你们在追查什么?线索是什么?"

看来他不说,小林是不会松手的。没办法,松宫只好说:

"儿子。"

"儿子？"小林非常意外，"被害人的？"

"现在还不清楚。"说完，松宫挣脱了小林的手。

是的，现在还什么都不清楚，也许完全是一次判断失误。但是，松宫有一种直觉，事实的真相就在勇往无前的加贺面前。

学校的操场上，学生们正在上体育课。有打篮球的小组，也有打排球的小组，还有一名中年男教师。与其说他在指导学生，倒不如说他只是呆立在那里看着孩子们比赛。

办公室在教学楼的一层。加贺和接待处的人说了几句，片刻后，一名女工作人员从里面走出来，看来是要带他们进去。

他们被带到一间标着"会客室"的房间，茶几两侧摆着样式过时但价值不菲的沙发。他们被安排到一张三人沙发上落座。随后，女工作人员端来了茶水。

"好久没进学校了，得有多少年了啊。"松宫说。不知哪里传来一阵歌声，这里可能离音乐教室不远。

加贺站起来，走到摆满奖杯和奖牌的展示架旁。"嗯，看来这所学校在体育上相当下力气啊。"

"游泳社怎么样？"

加贺指着其中一座奖杯，说："游泳接力赛，在全国大赛中拿过第二名。"

"这可够厉害的。"

"不过，是十年前的事情了。"

这时，响起一阵敲门声。

"请进。"加贺说。

从门外进来了一个肩膀很宽的男人,大脸盘,浓眉毛。松宫想,看着像是南方人。

这名教师姓糸川。案发三天前,青柳武明给他打过电话,加贺也曾经来询问过此事。糸川说青柳苦于和儿子关系紧张,所以给他打了电话。

松宫做完自我介绍,糸川丝毫不感兴趣地点了点头。

"抱歉,在你这么忙的时候打扰。"加贺致歉道,"你现在没在上课吧?"

"没事,我正好有空。今天找我有什么事?如果是上次的事,能说的我都已经说了。我记得,你连我的不在场证明都问过了吧?"

"非常抱歉。那时我也对你说过,所有相关人员我们都会一一询问。如果让你不高兴了,我们向你道歉。"

"我没不高兴。今天有什么事?"

"今天不是问有关案件的事,是想请你谈谈以前的一件事。"

糸川闻言惊讶得眉头一皱。"以前的事?"

"发生在三年前暑假的那起事故,我想你应该很了解吧?"

"哦……"糸川的脸上露出警惕的神色,"那件事怎么了?"

"实际上,在这次的侦查过程中,我们发现有必要再次仔细调查那起事故。因此,想请你给我们讲一讲。"

糸川双颊一阵发僵,他生硬地笑了笑,来回看着加贺和松宫。

"我不明白。这次的案件怎么会和那件事有关系?完全是两码事嘛。再说,这次的凶手不是已经查清了吗?就是那个死了的男人吧?你们怎么还在继续侦查呢?"

"这次的案件还没有结束。"松宫插了一句,"那名男子未必就是凶手。"

"哦?可就算这样,也没必要翻出那么久之前的事吧?"糸川夸张地歪头思索着。

"你还是不愿意回想那件事,是吗?"加贺问。

"那倒不是。"

"重新提起那起事故,对你来说有什么难言之隐吗?"

糸川眼睛瞪得浑圆。"你这是什么意思?"

"作为刑警,我只能如此解释。刑警想了解情况,对方却怎么也不肯开口,这种情况下,我们会认为对方可能有什么难言之隐。"

糸川的嘴角痉挛似的抽动着。"关于那起事故,你到底想要问什么?"

"事故的详细情况。糸川老师,你是第一发现者,是吧?"

"没错……"

"据说在事故发生当天,某体育场内举行了游泳比赛。如果可以,请从那里开始说吧。"

糸川舔了舔嘴唇,挺直身子,直直地盯着加贺说:"好吧。"

松宫从侧面盯着糸川,努力分辨他是否在演戏。

昨天晚上,和登纪子分开后,加贺好像发现了什么似的,说要回局里,松宫自然和他一起回去了。回到局里,加贺开始上网查询神社的信息,之后又开始搜索新闻报道。看到他搜索的关键词,松宫非常意外。三个关键词是修文馆中学、游泳社、事故。

为什么是这样的关键词?对于松宫的疑问,加贺答道:"从纸鹤在水天宫被焚化这一点来看，可以确认参拜水天宫才是青柳真正的目的。在这之前的推测没有问题，但之后的就不对了。说到水天宫，立刻会想到祈求产子顺利，我被这一点局限了。其实，水天宫还有一个重要的祈福功能，那就是免遭溺水。"

"溺水……"松宫以前并不知道这一点。听加贺这么一说，他想起在水天宫的小卖部好像见过河童面具这类东西。

"东京有很多祈祷消灾除难的神社，祈祷免遭火灾的有很多家，但祈祷免遭溺水的却非常少。除了水天宫，还有台东区的曹源寺。青柳之所以去参拜水天宫，肯定是因为发生过溺水事故。想到这儿，我就记起他儿子悠人初中时曾经参加过游泳社。"

加贺说完，松宫便想起来了。"案发三天前，青柳和游泳社的顾问联系过……"

"现在你明白我为什么搜索这几个关键词了吧？"

加贺的分析是正确的，这一点马上就得到了证实。在三年前的一篇新闻报道中，是这样写的：

> 十八日晚上七点左右，在修文馆中学的游泳池内，该校的二年级学生发生溺水事故，后被救护车送往医院。目前这名学生仍然没有恢复意识。该生为该校游泳社队员，当天私自进入学校，独自到游泳池游泳，随后发生的溺水事故也似乎事出有因。当天白天，这名学生曾在另一座体育场参加游泳比赛，因成绩不佳而情绪低落。发现这名学生的是游泳社的顾问。当时他为确保安全，正在校内巡查，结果发现这名学生沉入了游泳池。学校目前正在调查该生私自进入学校的

途径。

遗憾的是，除此之外没有任何后续报道。但是，修文馆中学也只发生过这一起溺水事故。

糸川一副回想往事的表情，语气平淡地开始叙述。游泳比赛结束的时候是下午四点左右，之后在体育场内开了一个小时左右的会，然后解散。参加比赛的队员们应该都各自回家了，糸川自己回了学校，因为他要把比赛成绩录入电脑。

"在录入成绩的时候，我需要一份资料，就去游泳社活动室取。游泳社活动室在游泳池旁边，我无意中往游泳池边看了一眼，看到池边有脱下的衣服。我觉得很奇怪，过去看了一下，发现有人沉在池底。我赶快把他捞了上来，发现是二年级的队员。我立刻打了一一九急救电话，在救护车来之前，我给他做了人工呼吸和心肺复苏。那时学校里已经没有其他老师了，看到救护车来，保安也赶了过来。救护车来了之后，才通知了学生家长和校长。因为当时只有我一个人，实在无法分身。"说到这里，糸川长长地呼了口气，"这就是事故的经过。"他目不转睛地看着加贺，好像在说：你还有什么不满意的？

"发生事故的学生叫什么？"加贺问。糸川眉头一皱，紧紧闭上了嘴巴。加贺又加了一句："调查一下，马上就会知道的。"

糸川板着脸说出了那名学生的姓名：吉永友之。

"听说他家已经搬到长野县，具体地址我就不知道了。"

"他已经恢复健康了吗？"

"没有，他……"糸川有些痛苦地说，"听说留下了后遗症。

真可怜。"

据说好不容易才保住了一条命。

"当时没有追究学校的责任吗？"加贺追问道。

"多少也引起了一些议论，比如，学生从外面能如此轻易地进入学校，难道不是校方的责任吗？这样的批评也有道理，但是，能够锁门的教学楼另当别论，要想完全避免学生进入室外游泳池是不现实的。这一点也得到了那名学生家长的理解，所以家长没有对学校提起诉讼。"

"这样的事情常有吗？晚上会有人擅自闯进来游泳？"

"不能说完全没有。听学生们说，现在也不时出现这种情况。不仅仅是在校生，住在附近的毕业生也经常这么干。"

"新闻报道说，吉永非常在意当天白天的比赛结果，是吗？"

"关于这一点，我也做了深刻的反省。"糸川郑重其事地说，"因为对他的期望很高，我的批评可能有些严厉了。我没有想到他的情绪会如此低落。一个人练习的过程中，可能出现了腿部抽筋或者心脏病发作的情况吧。"

加贺做着记录，视线突然离开笔记本，抬头问："真的只有他一个人吗？"

"啊？你什么意思？"

"没什么。我想是不是有其他人和他在一起。比起一个人练习，和同伴们一起练习不是更高兴吗？"

"他哪是高高兴兴地去练习啊！所谓自主练习，就是一个人练习。再说，如果有其他人，我想就不会发生那样的事故了。"

"确实如此。"加贺虽这样说，表情却分明在表示他根本不相信这样的解释。"能带我们看一下游泳池吗?"他问。

"行是行,但这个时候池子里的水已经放干了。"

"这当然没有关系。"加贺站起身来,"麻烦你了。"

他们走出教学楼,沿着操场向游泳池走去。游泳池在体育馆对面,离教学楼很远。这样看来,确实可以偷偷进来游泳而不被发现。而且,游泳池只是简单地用栅栏围着,学生很容易就能翻进来。

在糸川的带领下,他们沿着游泳池的边沿走。这是一个长约二十五米的池子,里面没有水,池底有一些落叶。

"这里没有照明设备吗?"加贺问。

"有应急用的,但平时不开。"

"吉永被发现的时候是晚上七点。虽说是夏天,当时天色已经很暗了吧?"

"是,我记得当时很暗。"

"那你看得很清楚啊。"

"啊?"

"我是说,那么暗的光线下,你竟然能清楚地看到水中的吉永。虽然池边有脱下的衣服,吉永未必正好就在旁边吧?"

糸川倒吸了一口气。"我当时带着手电。"

"哦。"加贺点了点头,"对了,吉永擅长什么项目?"

"自由泳。特别是短距离,他更为擅长,比如五十米。"

"所以,那天的游泳比赛他参加的就是这个项目?"

"对,应该是。刑警先生,出于公民的义务,我已经尽可能地协助你们的工作了,能告诉我你们的目的吗?我实在不认为这件事和日本桥的案件有关系。"糸川丝毫没有掩饰自己的焦躁不安，很不高兴地说道。

"我很理解你的不满。"加贺镇静地说，"搜集信息的时候，我们常听到对方抱怨，说我们总是问个不停，却什么也不告知。但是，我们这样做自然有这样做的理由。"

"这个我知道。和侦查相关的保密信息不能透露给一般人，是吧？不过就算如此——"

"不仅仅如此。如果公开目的，被问的一方会因此产生先入为主的观念，而我们需要的是没有成见的回答。"

糸川叹了口气，摸了摸脸。"你说的我明白，可是——"

"如果有已毕业队员的名册，我们想借用一下。"

对加贺的这个要求，糸川摇头说："这不行，因为这是个人信息。如果你非得看，请带搜查证来。"

"好，我明白了。"加贺爽快地告辞道，"今天多谢了。"

"这样就行了？"

"可以了。如果还有什么问题，到时候再麻烦你。"加贺对糸川点了点头，对松宫说："走吧。"

册，有现役队员和已毕业队员的姓名和联系方式，估计学校是每十年制作一次这样的纪念册。

"借用一下。"说完，松宫鞠了一躬。在打开玄关的门转身出去时，他突然想起了什么，回头说："三年前，修文馆中学的游泳馆曾发生过一起事故，您有印象吗？"

史子吃惊地瞪圆了眼睛。"嗯，我知道……是比悠人低一年级的一个孩子溺水了。"

"你们家人最近谈过这件事情吗？"

"没有，我不记得谈过。"

"我知道了。我马上回来。"

松宫离开青柳家，在附近的便利店复印了所需要的内容。名册第一页是糸川的致辞，他顺便也复印了这页。

到青柳家还了名册后，松宫前往中目黑站，路上给加贺打了个电话。加贺说他已经在车站前的咖啡厅了。

"从记录来看，事故的情况确实如糸川老师所说。"加贺把桌上的咖啡杯推到旁边，放下资料，"由于是吉永友之自己的过失，没有人被追究责任，可能连赔偿金都没有支付。我想了解一下详细情况，就给吉永家打了电话。他家果然已经搬家了，电话打不通。"

"到底是怎么回事？青柳为什么现在突然开始参拜能保佑免遭溺水的神社？要是悠人这么做，倒是说得通。"说着，松宫把名册的复印件放到资料上面。

"而且，这件事情他为什么瞒着家里人，连悠人都不告诉？这也是个谜。"

27

一走出修文馆中学的大门,加贺低声说:"我想的没错,三年前的事故和这次的案件应该有某种联系。那名教师肯定隐瞒了什么。"

"我也这么觉得。案发三天前,青柳之所以和糸川联系,也是因为那起事故。"

"应该没错。只是,还有很多问题没弄明白。"

走了大概一个街区,加贺停下脚步。"这边的辖区我有一个熟人,早上打电话让他帮忙准备那起溺水事故的资料。我现在去取,之后在哪里见?"

"那我现在去青柳家。"

加贺有些意外地看着松宫。"如果你要找悠人,这个时间他应该还在学校。"

"我知道。我去找那家太太,借一下初中游泳社的名册。"

加贺赞同地点了点头:"很好。"

他们约好在中目黑站见面后,各自出发了。

松宫到达青柳家。史子在家,她说遥香没去学校,也在家。

史子请松宫去客厅,松宫摆了摆手,没有换鞋。"在这儿就行。其实,今天我想借一件东西。"

听到他要借悠人学校游泳社的名册,史子一脸不解。"那个和这次的案件有关系吗?"

"现在还不清楚。我只能说,也许有关系。"

"可是,那个人不就是凶手吗?"

"如果您指的是八岛冬树,那只是媒体擅自得出的结论。警方还没有公布任何正式结论。"

史子睁大了眼睛。"那个人不是凶手?为什么?那我丈夫为什么会遇害?凶手是谁?"她的声音尖厉起来。

这下麻烦了,松宫有些着急。如果是加贺,他会怎么应对呢?

"请您冷静一下,现在还什么都不能说。今天麻烦您什么都别问,只把名册借给我们,好吗?"

史子用充满不满和不解的眼神盯着松宫,接着往楼梯上看去。"名册应该在我儿子的房间。如果擅自进入,他肯定会责怪我的……"

"我复印一下,马上还给您。我绝对不会外传,我向您保证。"

史子好像被松宫的话压倒了,不太情愿地点了点头。"那你稍等一下。"

"谢谢您。"松宫深深地鞠了一躬。

很快,史子拿来一本A4大小的册子,封面上写着"修文馆中学游泳社创立六十周年纪念册",是去年制作的。后面是名

"难道,青柳和吉永友之有什么直接的关系?"

"什么意思?"

"比如,"松宫压低嗓音,"他其实是青柳的私生子?"

加贺扑哧一声笑了。"那不会。"

"为什么?不调查一下怎么知道?"

"那就调查一下,如何?"加贺拿起复印件,"看,这儿不是有吉永友之家的新地址吗?那个老师还说他不知道呢。轻井泽?出差的话,距离倒是正好。"

"先回本部和组长汇报一下吧。我们老是擅自行事,又得被他们挖苦了。"

"那就拜托你了。咦?这不是糸川老师的致辞吗?'水是不会撒谎的。水不相信谎言。如果谁想蒙骗水,反过来会被水报复。'说得真好听。如果这些都是那位老师的真心话,那我们现在所做的一切都没有必要。"

松宫喝了一口咖啡,盯着加贺。"话说,你该告诉我了吧?"

"告诉你什么?"

"青柳参拜水天宫的目的并非祈祷产子顺利而是祈祷免遭溺水,你是怎么发现的?如果你要说只是出于直觉,那就算了。应该有什么契机吧?"

加贺放下复印件,伸手去端咖啡杯。"这个嘛,算是吧。"

"你从哪里得到的提示?"

"说不上提示,只是悠人态度的巨大变化让我感到很奇怪。以前他提到他父亲时甚至会出言不逊,后来却突然变了。听到他打了那个姓小竹的厂长,我更加确信这一点。"

"我也注意到了。我想,他妹妹割腕一事是他发生改变的转折点。"

"不,不对,你忘了那时悠人说的话吗?他当时说:'这不就等于承认老爸是坏人了吗?'也就是说,在他妹妹自杀之前,他就已经决定相信父亲了。"

松宫清楚地记得那时的情景,确实如加贺所说。"那是什么改变了他呢?"

"我想他应该是从哪里得到了青柳武明的某些信息。但青柳太太说,他们家前一天没见任何人,也没看电视和网上的报道。"

松宫想起加贺曾经问过这一点。看来,那时加贺就已经注意到悠人的变化,并试图找到他发生变化的原因。

"到底是谁给了悠人这样的信息?我怎么也想不明白。不过,我突然发现了答案。"

松宫搜寻回忆,怎么也找不到答案,皱着眉头,呆呆地看着加贺。"我投降。别故弄玄虚了,快告诉我。到底是谁?"

加贺微微一笑。"不是别人,就是你。"

"我?我说什么了?"

"悠人的妹妹割腕的前一天,你在青柳家说了麒麟像的事情,日本桥的麒麟像。"

"麒麟像?对,是有这么回事。但就说过那么几句,之后就没再说什么了。他当时立刻就回了房间。"

"但是,他心中却掀起了巨大的波澜。我对你说过,我在滨町绿道公园碰到过中原小姐。那之后,我在日本桥看到了站在那儿一动不动的悠人。"

"他？在那个地方？"松宫此时才得知这事。

"当时我没多想，但后来我明白了，他当时是在仰望麒麟像。也许他发现了他父亲遇刺后挣扎着走到日本桥的原因，而那原因和麒麟像有关。这一点让他一下子改变了对父亲的看法。这样想来，就能解释他为什么会突然发生那样的转变。"

"麒麟代表什么呢……"

"不知道。但有一点可以确认，麒麟像是青柳武明向悠人发出的信息，是面临死亡的父亲向儿子发出的信息。"

"武明向悠人，父亲向儿子……"说到这里，松宫想起了什么，"恭哥，是金森小姐的话给了你灵感吧？"

"这个随你去想，现在还是先说悠人。悠人明白了父亲向自己发出的信息，也因此明白了父亲谜一样行动的意义。青柳武明到底为什么要去日本桥呢？我是这么想的，他祈祷并不是为了自己，而是可能和他儿子有关。难道悠人有一个怀孕的女友？但是，迄今为止完全没有发现这方面的情况。"

"所以他是在祈祷免遭溺水？"松宫吐了口气，点点头，"有道理。"

"吉永友之是青柳的私生子这种推论呢？"

"我收回。青柳武明是为了悠人去参拜神社的，我想这应该没错。既然这样，我们得向悠人本人了解一下情况。"

"对。"加贺看了看手表，"差不多到放学时间了。"

喝完杯中的咖啡，他们走出咖啡厅，再次向青柳家走去。来到青柳家附近，两人停住了脚步。路边停着一辆卡车，他们站在卡车的阴影里观察四周。

"你觉得事故的真相会是怎样的？"加贺问。

松宫想了一会儿，摇摇头说："不知道。我觉得当时应该不只吉永一个人。但是……"

"但是如果和其他队员在一起，应该会有人立刻发现异常。被救护车搬运走，说明沉到池底已经有一段时间了。一般来说，不该出现这种情况。"

什么时候会出现这种不该出现的情况呢？松宫绞尽脑汁，却想不出答案。

"看！"加贺动了动下巴。松宫顺着加贺的视线望去，只见悠人迈着沉重的步子从路对面走来。

加贺二人同时走上前去。本来低头走路的悠人好像有所察觉，抬起了脸。看到面前是两名刑警，他站住了。

"有几句话想问你一下。"松宫说，"可以吗？"

"为什么埋伏在这个地方？"悠人向他们投来挑衅的目光。

"因为想和你单独谈谈。"加贺说，"如果你母亲和妹妹在，你可能不会如实回答。"

"什么事？"

"这事不能在这儿站着说，先找个地方坐下吧。"

加贺向前走去。松宫用眼神催促悠人，示意他跟着走。

来到刚才那家咖啡厅，加贺还是点了咖啡，松宫点了红茶，悠人要了冰咖啡。

"你在高中好像没有参加社团活动。"加贺开口说，"为什么？"

"不为什么……没什么特别感兴趣的活动。"

"游泳呢？初中的时候，你不是很积极吗？"

悠人的睫毛颤动了一下。"现在已经开始提问了吗？"

"你可以这样想。怎么了？你好像很不高兴，你不喜欢谈游泳社的事情，是吗？"

"没这回事……"悠人低着头，自言自语般说道。

"换个话题吧。你父亲经常去日本桥地区，现在我们已经明白他这样做的原因是去参拜日本桥七福神神社。不，准确地说，是去参拜水天宫，参拜时他会带着一百只纸鹤。我想，现在你也明白了这一切吧。"

悠人抬起头，紧接着又低下去，摇摇头说："不知道。这些事，我是第一次听说。"

"哦？可你倒是不怎么吃惊啊。"

"随你怎么说……水天宫？我不知道什么意思。"

"我们推断，你父亲是去祈祷免遭溺水。所以，我们想最近青柳先生身边可能发生过什么溺水事故。顺着这条线，我们注意到三年前在修文馆中学的游泳池曾发生过一起事故，学生吉永友之当时被送往了医院。你肯定记得这件事吧？"

悠人舔了舔嘴唇，声音嘶哑地"嗯"了一声。

"希望你能告诉我们事故的真实情况。说你知道的就行。"

悠人没有说话，拿起杯子，用吸管喝了一口冰咖啡，轻轻叹了口气。

"悠人。"加贺叫了他一声。

"我不知道。"悠人语气很强硬，"我什么都不知道，只听说吉永一个人偷偷溜进游泳池，发生了溺水事故。"

"那青柳先生——你父亲为什么会那么做呢？他去水天宫祈祷什么？"

"不知道。"

"悠人，这件事情非常重要，可能关系到你父亲遇害一事。不，是我们推测两者之间应该有联系。请告诉我们实情。"

悠人的双颊痉挛似的抽动着。他长长地吐了口气，抬起头。"我不知道。"他直直地盯着加贺，"我可以回去了吗？对刑警先生你问的问题，我实在没什么可说的。"

"悠人。"松宫叫了一声。

加贺轻轻抬了抬手，制止了松宫。"好吧。只是，如果能得到你的协助，案件就能够尽早得到解决，可是很遗憾。"

悠人抓起书包，起身说："那我回去了。谢谢你请客。"他一点头，迅速向出口走去，背影仿佛在宣告他有多么固执。

松宫喝了一口红茶，纳闷地说："怎么回事？难道对他来说，有什么特别不方便的地方？"

"不，应该不是这样。如果只是为了自己，他不会是那种眼神。"

"眼神？"

"那眼神分明是在保护别人。这个年纪的年轻人，如果是这么一副神色，那大人说什么都没有用。"

他在保护谁呢？松宫思考着。这时，他的手机响了，是小林打来的。

"喂，我是松宫。"

"我是小林。有紧急情况要告诉你，现在方便吗？"

"方便，什么事情？"

小林稍停了一会儿，说："发现指纹了。"

"指纹？这么说来……"松宫感到腋下有汗流出来。

"在你们带回的书上发现了八岛的指纹，监控录像中的人确实是八岛冬树。和被害人一起去咖啡厅的并不是他。"

28

傍晚，气温骤降，呼出来的气有些白。严冬很快就要来了。

悠人抱着书包，朝着和回家相反的方向走去。他本来打算直接回家，但和刑警的一番谈话让他改变了主意。

这件事情非常重要，可能关系到你父亲遇害一事——那个姓加贺的刑警说的是真的吗？和父亲遇害一事有关，是什么意思？不仅仅是指父亲出现在那儿的原因吧？

各种想法在悠人脑中此起彼伏。有一瞬间，他简直想把一切都告诉刑警，但还是不行，这件事情他不能一个人做决定。

他走进一片眼熟的住宅区，向其中一家走去。这是一所宽敞的西式住宅，门柱镶嵌的金属名牌上雕刻着"黑泽"二字。

悠人摁了门铃。片刻之后，传来一个女人的声音："喂。"

"你好，"悠人打了个招呼，"我姓青柳，是翔太的初中同学。请问翔太在家吗？"

"啊……请稍等一下。"对方好像立刻明白了他是谁。

很快,玄关的门开了。"怎么了?"黑泽从里面露出脸来,一脸惊讶地问。

"你现在方便吗?"

"时间不长的话,可以。"

悠人拉开大门,往玄关走去。

"你的手机怎么打不通?给你发邮件也不回。"

"啊,"黑泽半张着嘴,"我想起来了,你等我一下。"他缩回头,带上了门。

里面传来一阵吧嗒吧嗒的走动声。门又打开了,黑泽拿着手机走出来。

"我换新手机了。抱歉,还没来得及告诉你新号码。"

"哦。"

才不是这么回事呢,悠人心想。由于瞒报工伤一事,社会上都说悠人的父亲是个坏人,这事黑泽不可能不知道,他现在肯定不想和自己扯上什么关系吧。

听黑泽说完电话号码和邮箱地址后,悠人看着黑泽说:"我已经和杉野说了,我想我们三个人谈一谈。"

黑泽的目光暗淡下来。"谈什么?"

"当然是那件事。我说了我们三个人。"

黑泽垂下视线。"为什么现在要……"

"现在谈这个也没什么吧?"

"行倒是行。"

"就今天吧,你现在有时间吗?"

黑泽抬起脸,皱着眉头,面带难色地摇了摇头。"今天不行。

一会儿我的家教要来,我溜不出去。"

"那明天呢?"

"明天……几点?"

"放学后吧。五点在中目黑站前见,怎么样?"

黑泽一脸犹豫,最后还是点了点头。"好吧。"

"那明天见。杉野我来联系。"悠人说完,离开了玄关。

"小青!"黑泽突然叫住他。悠人回过头。

"到底出了什么事?"黑泽问道。

"你应该知道吧,"悠人说,"我老爸被人杀了啊。"

悠人把一脸愕然的黑泽抛在身后,走出大门,走上马路。

29

松宫和加贺乘坐的是上午九点二十分从东京出发的浅间五一一号新干线。列车时刻表显示，这趟车将在十点三十二分到达轻井泽站。

"你可得做好思想准备，那边冷得很。"把叠好的外套放到行李架上后，加贺坐到座位上。松宫随身带着包，而加贺仍然两手空空。

"提到轻井泽，人们只有避暑胜地这一印象。不过想想，也有一年四季都住在那里的人呢。"松宫说，"听那位太太说，那里原来有吉永家的别墅。"

松宫口中的"太太"是吉永友之的母亲。昨天松宫给她打过电话，约好今天前去拜访，但是没有说明此行的目的，只是说想了解一下她儿子的情况。

令他们出乎意料的是，上面很痛快地批准了去轻井泽出差这件事。理由当然是八岛是凶手这一推断大大地被动摇了。

由于书店的书上发现了八岛的指纹，可以确定和青柳武明一起进咖啡厅的另有其人。这样一来，搜查本部之前的推断就被彻底颠覆了。

当然，八岛是凶手的可能性并非为零。从书店出来的八岛偶然遇到从咖啡厅出来的青柳武明，突然起了歹心，这种可能在逻辑上也是讲得通的。但如果是这样，和青柳一起去咖啡厅的那个人为什么不肯露面？只有一种可能，他害怕和这件事情扯上关系，所以保持沉默。

"你们抓住的线索也许是正确答案。"石垣批准了他们的出差申请，眼神分明在威慑他们：这么由着你们来，一定要给我找到答案！

三年前的溺水事故到底隐藏着什么秘密，他们仍然一无所知。昨天松宫和加贺见过悠人后，又找到两名和吉永友之同年级的游泳社队员询问。两人对那起事故没有任何怀疑，而且看上去都没有隐瞒什么。

"他一个人溜进游泳池，真是够傻的。不过，是因为以前毕业的老队员表扬他游得好，他很受鼓舞，所以比赛结果才会让他格外受打击。"一个和吉永友之比较熟的少年语气痛切地说道。

首先可以断定，这不是在游泳社的训练中发生的事故。一是不可能让全体队员的口径都如此一致，二是如果那样做，早晚会有人说漏真相。

一路上，松宫呆呆地思索着这一切，几乎没有和加贺说话。不知不觉间，轻井泽到了。加贺站起来伸了个懒腰，转了转脖子。看样子，他睡了一路。

出了车站,他们乘上一辆出租车,告诉司机地址后,又询问需要多长时间。

"大约十分钟吧。"司机回答。

出租车开进茂密的林间。虽然没有积雪,在车内也能感觉到四周被冬天的冷空气笼罩着,路上的行人都穿着御寒的服装。

出租车在一片别墅区停下了,司机说应该就在附近。松宫走下车,向旁边建筑的门柱看去。那里挂着一个木制名牌,上面刻着"吉永"二字。

"没错,就是这里。"他向车内的加贺喊道。

加贺付完钱,下了车。"果然很冷啊。"他紧了紧外套。

门口没有门铃,他们直接走了进去。庭院很宽敞,通道很长。

这是一座浅褐色基调、素净沉稳的宅邸。窗户上装有百叶窗,入口处高出地面很多,看来是防备积雪的措施。

玄关门旁有门铃,松宫摁了一下。很快,传来一个女人的声音:"你好。"

"我是警视厅的人,昨天打过电话的。"

"好的,马上。"

不一会儿,传来开锁的声音,门开了。一名体形和脸庞都十分小巧的女子出现在他们面前。她身穿毛衣和牛仔裤,看上去五十岁左右,稍带些白发的头发扎在脑后。昨天在电话里得知她叫美重子。

松宫二人自我介绍后,女子把他们让进房间。房间里很温暖,有隐隐的花香传来。

"请问友之呢?"加贺换上拖鞋,问道。

美重子轻轻合掌,看着两名刑警说:"在客厅。"

她带着两人穿过长廊,长廊的尽头是一扇门。"请进。"随着她的话,松宫和加贺走了进去。

这是一间带开放式厨房的宽敞客厅,天花板挑空,屋里摆放着豪华的沙发和茶几,窗边放着摇椅。在那把摇椅上——

有一个少年坐在那里。他身穿运动服,腰部以下盖着毛毯。脸朝这边,但眼睛是闭着的。他看上去非常消瘦,皮肤像瓷器一样白,眉毛上面是剪得整整齐齐的刘海。

松宫慢慢走近少年,看着他。少年像一个死去的人一样,一动不动。

"他可以自主呼吸呢。"吉永美重子有些自豪地说,"情况好的时候,表情也有变化。"

"眼睛能睁开吗?"加贺问道。

令人吃惊的是,美重子莞尔一笑,回答说:"他正在睡觉,所以不会睁开眼睛。他只是在睡觉而已。"

这个孩子很健康,没有哪里不好——听上去,她在这样强调。也许她是在说给自己听。

"这边请吧。"她把松宫二人让到沙发这边,随后为他们端上了红茶。盛有红茶的杯子看上去非常精致。

"请问,您家是什么时候搬来这边的?"加贺问。

"事故发生后的第二年。我丈夫正好到了退休年龄,我们就处理了东京的房子,一家三口搬到了这里,因为我想找一个空气好的地方照顾孩子。"

"您丈夫现在在哪儿呢?"

"他去东京了。他在几家公司担任顾问,所以需要定期过去。"美重子笑容可掬地说。

家庭富裕真是万幸啊,松宫心想。照顾友之的费用,对于一般的家庭来说肯定是一个很大的负担。

"请问你们想了解什么?"美重子问。

加贺稍微向前探身,说:"是关于您儿子的事故。记录显示,您当时没有提起任何诉讼。您觉得没有任何疑点吗?"

美重子轻轻摇了摇头。"说实在的,我们觉得有无数疑点。我怎么也不相信我儿子会一个人偷偷溜进学校的游泳池,也不相信他会溺水。他从小就上游泳学校,水性比谁都好,也最知道水的可怕。"

"但是您接受了校方的解释,是吧?"

"那是没有办法,警方也说没有什么疑点,而且,当时最重要的是孩子的治疗。到底是哪里的责任、谁的责任,都无所谓了。"美重子的目光投向摇椅,"也许事实真的是那样吧,毕竟这孩子的责任心特别强……"

"您的意思是……"

"一直到比赛的前一天,这孩子都非常紧张,生怕自己会拖大家的后腿。"

"拖后腿?"

"他被选上参加游泳接力赛,队伍中其他人都是三年级学生,只有他是二年级。他说绝不能给前辈们增加麻烦。"

"接力赛……"加贺沉思着。

"请问,你们到底在调查什么?为什么现在又调查那起事故?"

美重子当然会有这个疑问。加贺说:"其实,最近在东京发生了一起杀人案,我们正在调查此案。"

"杀人……"美重子一惊,露出不安的神色。

"请不用担心,我们对贵府并无任何怀疑。我们怀疑被害人的行为和您儿子的事故可能有某种联系,所以来府上打扰。"

"被害人是谁?"

"是一名姓青柳的男子,青柳武明。您有什么头绪吗?"

"青柳……好像在哪儿听过似的。抱歉,我认识的人中好像没有人是这个姓氏。"

如果听过这个姓氏,应该是从友之那里听到的,松宫心想。友之应该在家里提过游泳社前辈的姓名。但是,来这儿之前,松宫已经和加贺商量好,先别提及青柳武明是友之的前辈的父亲。

"日本桥有一处叫水天宫的神社,您知道吗?那儿以祈祷产子顺利著称,也以能保佑免遭溺水被人们所知。"

听到加贺的话,美重子眨眨眼睛。"我知道……"

"我们发现,青柳先生会定期去水天宫参拜,供奉一百只纸鹤。对此,如果您有什么头绪——"

加贺的话中断了,连松宫也看得出这是为什么——美重子的表情很明显变了。她睁大眼睛,倒吸了一口气。

"……您有头绪,是吗?"加贺继续说。

吉永美重子使劲点了点头。"有。我想那位先生就是'东京的花子小姐'。"

"花子小姐?"

"请稍等一下。"说完,美重子走出了房间。

松宫和加贺对视了一下。他的表哥，这名出色的刑警，虽然看上去还不清楚其中的原因，但目光比以往更加锐利。松宫知道一条重要的线索被找到了。

美重子回来了，怀里抱着一台笔记本电脑。"其实，我一直在写博客。开始是想作为孩子的护理日记，但在写的过程中得到很多人的鼓励……"说着，她启动了电脑。

"东京的花子小姐是其中的一个？"

听到加贺的问题，美重子点了点头。"从某个时期开始，我和那人开始了邮件往来。我也想过，那人可能是位男士。那位先生竟然遇害了吗……"

"关于那一百只纸鹤，您也了解吧？"

"是的，把千纸鹤分为十次供奉。详细的情况，你们看一下我的博客就会明白。让二位见笑了。"

美重子把笔记本的屏幕转向松宫他们。画面上是一个博客的首页，点缀着色彩鲜艳的插图。

"看！"加贺指着页面上部说。松宫看过去，随即愣住了。

博客的名字是"麒麟之翼"。

30

下午两点多,二人回到东京站。加贺提议直接去修文馆中学。

来到学校,他们去了办公室。昨天带他们去会客室的那名女子正好在。看到他们,她露出了吃惊的神色。

"抱歉,我们想再见一下糸川老师。"

听到加贺的话,女工作人员开始操作手边的电脑。

"他现在正在上课。请问有什么急事吗?"

"那我们等他下课吧。我们在昨天的房间等他,可以吗?"

"行,你们能找到地方吧?"

"没问题。"

和昨天一样,他们来到会客室后,并肩坐到沙发上。两人都没有说话。要说的话在回来的新干线上都已经说完了。当然,是加贺讲他的推断,松宫聆听。

过去的二十四小时里,他们弄清楚了很多事情。现在,两人都确信,真相很快就要大白于天下。

下课铃声响了。紧接着，四周传来一阵嘈杂的声音，走廊里响起众人来来往往的脚步声。

又过了几分钟，门开了。糸川走进来，他的神色看上去比昨天还要警惕。

松宫和加贺站起来打招呼。

"今天到底又有什么事？我已经没什么可说的了。"糸川丝毫没有掩饰怒气。

"抱歉，想请你给我们看一件东西。"加贺说。

"什么？"

加贺停顿了一下，说："比赛结果。三年前发生事故那天，有一场游泳比赛。请给我们看一下当时的比赛结果。"

糸川的表情僵住了。"你们看那个干什么？"他的声音听上去有些胆怯。

"你说过，吉永友之的成绩不好，他很受打击，所以发生了那样的事情。因此，我们认为有必要确认一下，他当时的成绩到底有多不好。"

糸川皱起眉头。"没有这个必要吧。吉永当时的成绩不好，是大家都承认的。这一点，连我也知道。"

"所以说，"加贺向前走了一步，"我们想知道具体的情况。拜托了！"

在这名高个子刑警的俯视下，糸川被镇住了。

"好吧。那你们稍等一下。"

"不，我们和你一起去，反正办公室就在旁边。"

"不在办公室，在活动室。"

"那也没关系,我们和你一起去。"

松宫也站到加贺旁边。"走吧。"

糸川不情愿地转身向外走去,松宫和加贺跟了上去。

他们从教学楼外面说说笑笑的学生身旁走过。学生们向松宫他们投来好奇的目光。估计除了老师,学校里很少会出现其他成年人。

紧挨着游泳池有一座小型建筑,活动室在二层。一层是更衣室。

糸川用钥匙打开门。房间很小,里面只有桌子、文件柜、橱柜。文件柜上放着厚厚的文件夹。看文件夹的标题,就知道里面是各次比赛结果的汇总。

"是这个。"加贺拿出白色手套,"我们可以看一下吗?"

"请。"糸川生硬地说。

松宫也戴上手套,从旁边看过去。

加贺快速地翻看起文件,突然,他的手在某一页停住了。那页上记录的比赛日期是三年前的八月十八日,正是事故发生的那天。

松宫扫视着比赛项目和参赛队员。五十米自由泳项目中,有吉永友之的名字。青柳悠人也参加了这个项目。

加贺指向其中一处,是二百米接力赛一栏。看到参赛队员的名字,松宫咽了口唾沫。上面写的名字是:

第一棒青柳悠人(三年级)
第二棒杉野达也(三年级)

第三棒吉永友之（二年级）

第四棒黑泽翔太（三年级）

"记录一下。"加贺低声说。不等他说完，松宫已经拿出了纸笔。他们想知道的并不是比赛结果，而是接力赛的参赛队员。

青柳悠人和吉永友之都没有参加其他项目。

加贺合上文件夹，放回文件架。两人同时回头看去，只见糸川脸色阴沉地站在那里，眼中闪着险恶的目光。

"满意了吗？"糸川问道。

"嗯，很满意。对了，可以问你一个问题吗？"

"什么？请你快点。"

"糸川老师，你是教什么课的？"

糸川惊讶地皱起眉头。"数学。怎么了？"

"这样啊。说到初中数学，里面有很多公式，比如毕达哥拉斯定理，还有求解公式什么的。"

"对，那又怎么了？"

"如果记住公式，就能解决很多问题。但是，如果最初记住的就是错误的公式，那就会屡次犯相同的错误。是这样吧？"

"对。"糸川的表情分明想问面前的刑警：你到底想说什么？

"请你一定教给学生们正确的公式。"

"什么？这还用你来告诉我……"

"我想也是。好，我们告辞了。谢谢你的合作。"加贺语速极快地说完这句话，对松宫使了个眼色，"走吧。"

走出学校，他们来到附近的餐厅，开始吃早已过了饭点的午饭。在新干线上，他们只顾着说话，没顾上吃饭。

吃过饭，松宫从包里拿出几张复印纸，正是游泳社的名册。

"杉野达也和黑泽翔太，对，是这两个人，还有悠人，和三年前的事故有关系。应该没错。"

加贺喝着饭后咖啡，点了点头。"有这种可能。至少，他们知道事故的重要信息，但谁也不肯说。昨天我不是说悠人好像在保护谁吗？看来他是在保护那两个人。他觉得没和他们商量好，自己不能擅自说出真相。"

"要想让他们开口，就得把三个人找到一起，是吧？"

加贺把复印纸拉到面前。"我来负责杉野达也，黑泽翔太就交给你了。"

"明白。"

从名册上的地址来看，两家离得很远。

"四点半了，学校差不多该放学了。"加贺看了一眼手表。

"我把黑泽翔太带到哪里？"

加贺想了想，说："青柳家吧。悠人可能已经回去了，就算不在家，早晚也要回去。"

"嗯。那我抓到黑泽翔太后，先和你联系。"

"明白。"

和加贺在餐厅前分开后，松宫乘上一辆出租车。车上有导航仪，他让司机输入了黑泽翔太家的地址。和青柳家一样，离黑泽家最近的车站是中目黑站，但两家的方向正好相反。

出租车在一片住宅区里停下了。松宫付完钱，下了车。四周是一排排宽敞的宅邸。松宫看着名牌向前走，很快就看到了黑泽家的名牌。这是一座气派的西式宅邸。

松宫摁了门铃,报上姓名。得知他是警视厅的,应答的女子声音一下子变得很慌张。

玄关出现了一名身穿紫色开衫毛衣、气质优雅的女子。她是黑泽翔太的母亲。听到松宫要找她儿子,她不安地缩起肩膀。

"那孩子干什么了……"

"没什么,没什么。"松宫笑着摆了摆手,"只是有点事情想问问他。他还没回家吗?"

"刚才回来了一下,又出去了。说是和朋友约好了见面。"

"朋友?高中的朋友?"

"不是,初中时社团的朋友。"

"社团?游泳社?"

听到刑警对自己儿子的行动如此熟悉,黑泽的母亲好像有些害怕,面带畏惧地点了点头。

"哪个朋友?"

"是……青柳。"

松宫倒吸了一口气。这只是巧合吗?

"您知道他们在哪里见面吗?"松宫问。

"不清楚,"她有些困惑地歪着头说,"只说在车站见……"

松宫心里一阵忐忑。他感到事态正在一步步恶化。"您现在能给您儿子打个电话,问一下他的位置吗?但是,请不要提到我。"

"啊……那我怎么说呢?"

"您看着说吧。"

黑泽翔太的母亲一脸困惑地走进家中。站在玄关外等待的松宫给加贺打了个电话，告知情况。

"那些家伙已经有所察觉了。我现在就去车站。一定得找到他们！"

"杉野达也呢？"

"还没从学校回来。也许，杉野也和悠人他们约好了一起见面。"

"这个时间，他们三个人……难道只是巧合吗？"

"应该不是。这次的案件改变了悠人的想法，再加上我们昨天问他事故的事情，他可能开始思考事故和案件的关系了。"

"你好像不太镇定？"

"现在没法镇定。不赶快查明他们的位置就晚了。"

"明白。"说完，松宫挂断了电话。正在这时，玄关的门开了，黑泽翔太的母亲有气无力地站在那里。

"说是在车站前，但没告诉我具体的地方……"

没办法，松宫问了黑泽翔太的手机号码，离开了黑泽家。

来到中目黑站，松宫一边和加贺联系，一边四处张望寻找快餐店、咖啡厅。不时能看见几个衣着相似的少年，却怎么也看不到他要找的人。

从一家汉堡店前经过的时候，一件眼熟的制服进入了视线。松宫停住脚步，往里面看去。悠人正坐在靠窗的吧椅上，旁边那个长发少年应该就是黑泽翔太。

松宫打电话告诉加贺情况。加贺说他就在附近。很快，加贺来了。两人走进店内，径直朝悠人他们走去。长发少年先注意到了，看向两人。接着，悠人好像受到了同伴的影响，回过头来，一脸惊愕地看着他们。

"你是黑泽吧?"松宫问长发少年。

"是……"少年紧张得身子一缩。

加贺俯视着悠人。"你们不会还约了杉野达也吧?"

悠人没有说话。他的侧脸充满年轻人特有的虚张声势。

"果然如此。"

"真烦人!"悠人的脸仍旧朝着旁边,"你管呢?我们爱等谁等谁,反正不违法。"

"正是因为违法了,你们才要商量一下吧?"

听到加贺的话,两个少年的脸一下子变得煞白。黑泽翔太的眼睛骤然变得通红。

"杉野达也几点来?"加贺问。

悠人赌气似的说:"不来了。约好五点见,那家伙到现在都不来。电话也打不通,发邮件也不回。"

松宫看了一下手表,现在距约定的时间已经过去三十多分钟。

"你什么时候和他约的?"

"今天白天,我给他发了邮件。那家伙虽然和我一个学校,但我怕如果让别人看到他和我说话,大家会冷落他。"

"他给你回邮件了吗?"

"回了,他说尽量来。我又给他发了一封,让他一定要来,不过……"悠人咂了咂嘴。

"让我看一下那封邮件。"加贺伸出手。

"啊?"悠人瞪大了眼睛,"为什么?"

"你别管。给我看一下,快点!"

可能是被加贺强硬的语气震慑住了，悠人掏出了手机。他熟练地摁了几下，递给加贺。

松宫也从旁边向加贺手中的手机看去。今天，悠人确实给杉野达也发了两封邮件。第一封是："我有事要说。五点在中目黑站的汉堡店见。我也和黑泽联系了。"对此，杉野的回复是："家里有事，不知能不能去。尽量去。"接着，悠人又发了第二封邮件："这很重要，你一定要来，可能和我老爸的事情有关。昨天，刑警问我吉永的事情了。"

加贺把手机还给悠人，转头向松宫看去。看到加贺的表情，松宫吓了一跳。他从没见过加贺如此锐利的目光。

"和本部联系，紧急搜寻杉野达也！否则就来不及了！"

31

室温并不算低,悠人却感觉像在冰箱里一样寒冷刺骨,可能是因为墙壁白得刺眼吧。屋里只有狭长的会议桌和椅子,这也让他感到格外不安。这个房间他以前来过。那时父亲刚刚过世,他被带到这里——日本桥警察局来确认父亲的随身物品。

屋里只有悠人一个人。黑泽也被一起带过来了,应该是在别的房间。他现在在做什么呢?在汉堡店见到黑泽后,本打算等三人聚齐再说明一切,所以还没来得及告诉黑泽那件重要的事情。

到底是怎么回事?悠人完全不明白。那个姓加贺的刑警为什么要那么急切地寻找杉野?此外,他把悠人他们带到这里,到底是要做什么?

悠人又看了一下手机,没有收到杉野的回信。要不要给他打个电话?悠人犹豫片刻,最终没有打。已经给他打过好几次电话了,一直打不通。

悠人把手机放回口袋。这时,响起了敲门声。悠人挺直了身体。

加贺和松宫进来了,坐到悠人对面。

"目前还没有发现杉野的行踪。"加贺说,"现在,全东京的刑警都在搜寻杉野。我们本来也应该加入搜寻的行列,但是现在有其他任务,就是向你了解情况。"

悠人很想咽一口唾沫,可是嘴巴干得很。

"希望你把知道的都说出来,包括三年前的事故。"加贺紧紧盯着他的眼睛。

悠人垂下视线,盯着会议桌上的细小划痕。

"你非常后悔,是吧?"加贺说,"所以折了纸鹤,去水天宫参拜。你觉得这还不够,打算把日本桥的七福神神社走遍,对不对?"

悠人吃惊地抬起头。刑警竟然连这些都查明了?

刑警的目光仿佛能洞察一切,看来耍小聪明的谎言是骗不了他的。不过,在汉堡店看到的那种面带威慑的神色不见了。悠人感到,现在无论他说什么,面前这位刑警都会包容他。

"东京的花子小姐就是你吧?后来接替你继续祈祷的是青柳武明,也就是你父亲。是这样吧?"

听到加贺的话,悠人死心了。他知道已经瞒不住了,该说出一切了。

"是。"悠人说。

加贺舒了一口气。"你肯说了?"

"嗯。"

"那从哪里开始讲呢?就从事故开始吧,可以吗?"

"好的,我从事故开始讲。能先给我一杯水吗?"

松宫站了起来。"就喝水吗?也有茶和咖啡。"

"水就行。"悠人说。他的思绪已经飞到三年前。

那时,吉永友之是个盛气凌人的二年级学生。

不,准确地说,他是一个让悠人这些三年级学生感到盛气凌人的学弟。实际上,吉永本身并没有什么错。他既没有违抗过命令,训练也从不偷懒,应该说他是一个认真、听话的队员。

这样的他第一次被三年级学生盯上,源于一个偶尔来指导他们游泳的已毕业队员无意中的一句话。那个队员看过所有人游泳后,把大家集中到一起,说:"你们当中游得最好的是吉永。一、二年级的就不用说了,三年级的也要向吉永学习。"

当时悠人也在,前辈的话让他很受打击,但这并不是因为前辈的话让他感到意外,而是他早就有所感觉,只不过一直在回避这个事实而已。

确实,吉永的泳姿非常漂亮。由于体力稍弱,他暂时还赢不了悠人,但悠人感觉得到,他很快就会超过自己。有这种感觉的并不只有悠人。那天的训练结束后,三年级的队员单独留了下来。他们说的都是那个已毕业的队员和吉永的坏话。

"那个前辈懂什么?那种难看得要死的泳姿,什么玩意儿!"

"就是。可你看那小子的得意样!"

"根本就没把我们放在眼里!"

从那天开始,三年级的队员对吉永的态度明显变了,没有人主动和他说话。如果吉永向他们请教技术上的问题,他们就带着挖苦的口气说:"哟,我们可教不了吉永教练!"如果哪次吉永游得不好,他们就会在他看不到的地方高兴地击掌庆贺。

事态还不到所谓欺凌的程度,但就差那么一点点吧。

就在这时,举行了游泳比赛。所有队员都参加了各种项目,修文馆中学的成绩却并不理想。特别是接力赛更是让糸川顾问的期望落了空,二百米接力赛和混合泳接力赛的成绩都比训练时下降了很多。如果能游出平时的成绩,他们的冠军梦就不会落空。

"今天你们让我非常失望。"比赛结束后,糸川对全体队员说,"到底哪儿做得不好,你们自己去想。如果想明白了,就拿出行动来。你们现在这个样子,只会越来越差劲!"

悠人参加的是二百米接力赛。参赛的其他三名队员是杉野、黑泽和吉永。解散后,四人聊着这事。

"说到底,还不是让我们猛练!"杉野说。

"我们练得够尽力的了,还要让我们怎么练?"悠人反驳说。

这时,吉永低声说:"对不起,是我拖了大家的后腿。"

这的确是事实,但另外三人都明白,惨败并不仅仅因为这一点。然而,急于转嫁责任的他们紧紧地抓住了这句话。

"你这小子,前辈表扬了你两句,你就翘尾巴了吧?"黑泽说。

吉永摇头说:"没有。"

"那你今天是怎么回事?"

"对不起……从明天起,我一定好好训练。"

"什么明天,今天就得开始!哎,对啊,现在就开始!给你来一次特训!"黑泽为自己这个绝妙的主意兴奋得两眼放光。

"现在?"悠人吃惊地看着黑泽,"在哪儿?"

"学校的游泳池。应该进得去。"

"这个点？"当时已经五点多了，到达学校估计得六点多。

"对了，我偷偷进去游过。我知道围栏哪儿好爬。"杉野也来了劲头。

悠人心里非常明白黑泽和杉野的企图。他们肯定是打着特训的名义，想好好教训教训吉永。他们并没有那么生吉永的气，也没有那么恨他，只是想发泄一下从糸川那里受的气。

别做这么无聊的事情——他本该这样说，却说不出口，因为他不想让大家觉得他是个不识趣的人。也许杉野，以及想出这个主意的黑泽，也是这种心理吧。

吉永无法反对。四人悄悄溜进了学校。当时正是暑假，校园里一片静寂。天色已经转暗。在游泳池边换了衣服后，他们跳进了水里。刚开始，四人在水里轻轻漂着。没多久，黑泽下令让吉永狠命游。

"你不能用腿，只能用胳膊游！我们抓着你的脚，你往前游！"

做法是这样的：首先第一个人潜到水里，抓住吉永的双脚，让吉永游到泳池中央；等在那儿的第二个人接替前一个人，继续抓着吉永的脚，让他游到泳池的尽头，再把吉永的脚交给第三个人。吉永就这样被抓住脚，被迫游了一个又一个来回。

吉永在这个二十五米长的游泳池里游了两个来回，再次游向池中央的时候，意外发生了。本该由抓着吉永双脚的黑泽把吉永交给杉野。悠人正从岸边向池对面走去。他能看到水面上出现了两个人的脸，但天色已经黑了，他看不清到底谁是谁。

"怎么了？"

"不见了！"是黑泽的声音，"吉永不见了！"

"啊？怎么会？你不是抓着他的脚吗？"

"我交给杉野的时候松开了他的脚，然后就找不到他了。"

"他逃跑了？"悠人环顾泳池，没有人从水里冒出来。天色很黑，完全看不清水中的情况。

"啊！"杉野的声音传来，"在这儿！沉下去了！"

天哪！悠人赶紧跳到水里，游到杉野和黑泽身边。

三人把吉永捞上来，抬到游泳池边。吉永浑身瘫软，一动不动。无论他们怎么喊，吉永都没有反应，看上去像停止了呼吸。

杉野开始按压吉永的胸部。可是，吉永还是一点反应都没有。

"这可怎么办？"悠人慌了。

正在这时，突然响起一个声音："喂！你们在干什么？"

悠人的心脏简直要停止跳动。他抬头一看，糸川拿着手电筒跑了过来。

"你们在干什么？"

谁都不敢说话。悠人也默默地看着吉永。

"怎么回事？你们对吉永做什么了？"糸川抓住黑泽的肩膀。

"……特训。"

"特训？"

"嗯，然后他就……溺水了……"

"混蛋！"糸川咆哮道。他拿出手机，瞪着悠人他们说："还发什么呆！继续做心肺复苏，还有人工呼吸！以前不是教过你们吗？"

杉野再次开始做心肺复苏。悠人也一边回忆以前学的，一边给吉永做人工呼吸。

糸川打过一一九急救电话后，开始代替杉野做心肺复苏。"你们赶紧穿好衣服，离开这里！"他对悠人他们说，"救护车马上就到，你们最好不要在这里。"

"……我们应该去哪里？"杉野问。

"悄悄出去，不要被人发现，回家等着。还有，这事不要对任何人提起，对父母也不能说。就说比赛结束后，你们和吉永各自回家了。就这么说，明白了吗？"

悠人他们没有说话。

"明白了吗？"糸川又问了一遍。

"明白。"三人无力地答道。

"好，快走！千万不要被发现。"

悠人他们立刻换好衣服，原路返回。翻过围栏的时候，听到了救护车呼啸而来的声音。那之后具体是怎么处理的，悠人他们就不清楚了。当天深夜，悠人接到了杉野打来的电话。

"糸川老师和我联系了。吉永得救了。"

听到这句话，悠人如释重负。他一直担心得坐立难安，心想吉永不会就这样死了吧？晚饭他也吃不下，一直闷在房间里。

"真的？太好了！可算放心了。"悠人发自内心地说。

"不，还不能放心。"和悠人的心情截然相反，杉野的声音非常消沉，"听说再也不能恢复意识了。"

"什么……"

"呼吸是恢复了，但以后只能处于睡眠状态。所以，现在他还在医院。"

刚刚轻松下来的心情再次变得沉重无比，悠人感觉胸口被堵得严严的。

"糸川老师说，明天早上游泳社全体队员可能都会被召集起来，到时候估计会被问各种问题。他说不要多说话。"

"这样行吗？"

"他说最好这样。弄不好，游泳社就完了。"

是的，或许是这样。悠人再次意识到，他们闯下的祸有多么严重。

第二天，学校里来了警察。他们把游泳社全体队员召集到一起，询问昨天的事情。当然，悠人他们这些参加接力赛的队员被盘问得最为仔细。几人按照糸川的指示做了回答，警察丝毫没有产生怀疑。

最终，事情被瞒了下来。糸川绞尽脑汁编出来的故事是：

在举行游泳比赛的体育场前解散后，糸川回到学校，整理队员们的比赛成绩，突然想起什么事情，就向活动室走去。这时，他发现游泳池边有脱下的衣服，就打着手电筒过去检查。紧接着，他发现有人沉在水底，慌忙把那人捞上来，发现是二年级的队员吉永友之。他立刻打了一一九急救电话，然后不停地给吉永做心肺复苏和人工呼吸。很快，救护车到了，吉永被送往医院。

"赛后我责备了他。他可能觉得自己有责任，所以和大家分开后，一个人偷偷来训练吧。"糸川当时对警察说道。

没有人怀疑这个故事。吉永确实责任感很强，赛后他也和同年级的伙伴们说过接力赛的成绩不好，都怪自己。但是，悠人心里非常忐忑。就算现在没有人怀疑，如果吉永恢复意识，事实不也就暴露了吗?

"那时我们商量过了,"糸川把悠人、杉野、黑泽单独叫到一起,用不容分说的口气说,"我是为了拯救游泳社才撒了这样的谎。所以,只能向吉永和他父母道歉,我也会一起鞠躬道歉。但也只能到此为止,对任何人都不能多嘴!"

这样真的可以吗?虽然心里这样质疑,悠人他们还是服从了糸川的指示。一方面,他祈祷吉永能尽早康复;另一方面,不可否认的是,他又希望吉永就像现在这样,不要恢复意识。

之后想来,可能糸川当时就料想到吉永不会恢复意识了吧。事实上,吉永再也没回学校。时间一天天过去,悠人他们从这所学校毕业了,但他们内心深处却留下了深深的伤痕。

32

告诉悠人那个博客的是杉野。一天,杉野表情严肃地问他:"你知道'kirin①'吗?"

"kirin?那是什么?"

"你果然不知道?是一个博客的名字,用片假名写的。"

"博客啊,那又怎么了?"

杉野没有回答悠人的问题。"你一看就明白。搜索一下,马上就能找到。"他只说了这些。

悠人在自己的电脑上搜索了一下。果然,他很快就找到了那个博客,名字是"kirin 之翼——梦想着展翅飞翔的那一天"。写这个博客的人好像是一名女子。映入悠人眼帘的第一篇文章是:

> 我家小 kirin 今天仍在睡觉。他的指甲长长了,我给他

---

①原文为"キリン",在日语中既可指长颈鹿,也可指麒麟,读作"kirin"。

剪了。

虽然在睡觉,可是他的头发和指甲也会长长。过段时间,该给他剪头发了。这次给他剪个成熟些的发型吧。

下周就到节分①了。希望今年福气能来我家!

这是什么呀?悠人心想,不过是普普通通的生活琐事记录。小kirin,小长颈鹿?估计不是宠物的名字,就是小婴儿的名字吧。反正写的都是他迷迷糊糊睡觉的事。杉野为什么要告诉自己这个博客呢?真是弄不明白。难道不是这个博客?

有些文章里贴着照片,都是身边的衣物、外面的风景什么的,没有什么引人注目的东西,摄影技术也很一般。

但是,后面出现的一张照片,让悠人停止滚动画面。

那张照片出现在元旦那天更新的页面上。照片上是一个坐在轮椅上的少年。他穿着西装,还系着领带,刘海剪得又短又齐。

可是,少年没有睁开眼睛。他消瘦的脸庞对着正前方,睫毛低垂。好像是为了固定住脸,他的脖子后面垫着一块厚厚的毛巾。

照片旁附有文字,写着:"我家小kirin也迎来了新的一年,这是穿新西装的纪念照。"

悠人呆住了,他明白了杉野想告诉他什么。

这是吉永。写博客的人是吉永的母亲。

悠人按照时间顺序,重新开始阅读博客。这个博客已经开设

---

① 立春前一天,日本有在这一天撒豆祈福的习俗。

一年多了。通过最早的文章，能够了解开设这个博客的目的。

儿子在初中二年级的夏天遭遇事故，失去了意识。医生已经放弃治疗，但父母祈祷着儿子有一天会恢复健康，所以带他搬到轻井泽，继续照料他。母亲之所以开设这个博客，是为了记录儿子的状态以及和儿子一起度过的每一天。

电脑前的悠人僵住了。

那个吉永还活着——

说实在的，悠人深信他早已经死了。确实，悠人他们毕业的时候听说他仍然处于昏迷不醒的状态。不过，肯定活不久吧，悠人心里隐隐这样想着。不，说句极端的话，对于悠人他们来说，那起事故发生的时候，吉永就已经死了。杉野和黑泽肯定也是这么想的。

但是，吉永还活着。他和那时一样，还在沉睡。而且，有人在照顾那样的他。那人相信自己的儿子总有一天会醒过来——

悠人又一次意识到他们这些人的罪孽有多深重。一切都没有结束，现在，吉永一家还在受苦。

后来，悠人见到杉野，告诉他自己看了博客。

"你看了啊。"杉野说，"可是……我们也没有办法。"这话听上去，仿佛是为了说服自己。

没有办法，无能为力——确实是这样。事到如今，他们这些人什么也做不了。就算说出事实、向吉永一家赔罪，吉永也不会恢复意识。而且，可以想象，如果现在知道了事实真相，吉永的父母会更加受不了。

可是，就这样漠视这一切，行吗？

查看这个博客成了悠人每天必做的事情。博客更新并没有那么频繁。没有更新时,他就重读以前的文章。

有一天,他在博客上看到了下面的内容:

> 因为有事,去了好久没去的东京。这次,我又参拜了水天宫。这是以祈祷产子顺利闻名的神社,但保佑免遭溺水也很灵验。小 kirin 发生事故后,我常常来这里。水天宫供奉着日本桥七福神之一,所以我顺便去了另外七家神社(虽然叫七福神,其实包括八家神社)依次巡礼。说句题外话,当时就是看到日本桥上的雕像,才想到给我的博客起这个名字。自从搬到这边以后,很难有机会去了,颇有些遗憾。

水天宫和日本桥七福神的名字就是这时印入了悠人的脑海,但是当时他并没有想到应该做些什么。一个偶然的机会,他找到了行动的方向。

有一次,亲戚举行结婚典礼的饭店就在水天宫旁边。

恰巧有一点空闲时间,悠人一个人走出饭店,去了水天宫。那天是假日,神社院内的人很多。看上去,大多数人都是来祈祷产子顺利的,都在摸那组著名的母子狗雕像。

悠人投了香资,发自内心地祈祷吉永友之能够尽快恢复。然后他站到稍远一点的位置,用手机拍了神殿的照片。回到饭店后,父母问他去哪儿了。他自然没说真话,随便敷衍了几句。

苦恼了三天后,他在博客上发了一条评论:

您好。我一直拜读您的博客，希望小 kirin 能早日醒来。前几天，我正好去了水天宫，也为小 kirin 祈祷了。我拍了照片。请加油！支持你们！

发评论时，他用的名字是东京的花子。
很快，博主回复了他的评论：

　　谢谢您的鼓励。请问您拍的是什么样的照片？可否让我一睹？幸甚。

看到这样的回复，悠人有些苦恼。照片可以用邮件发送。如果用免费的邮箱，倒是可以隐瞒自己的身份，但是能隐瞒到什么时候呢？如果对方询问，该怎么敷衍过去？

最终悠人还是用邮件发送了照片。如果不理会，她肯定很难过吧，悠人想。

对方很快回复了邮件。除了向他表示感谢，还问他是否可以把照片上传到博客。悠人回答"当然可以"。

第二天，博客上上传了悠人拍的水天宫的照片。照片旁还有一句话："谢谢东京的花子小姐发来的照片。"

看到这个画面的瞬间，悠人的心中起了某种变化。他感到尘封在心底的那件往事开始解冻了。一方面，他心中还在自责，即使这样做也丝毫不能为自己赎罪；另一方面，他又觉得即使只能做到这一步，也比什么都不做强，至少比总想着要忘记那件事情强——

还能做些什么呢？这么想着，他开始去七福神神社依次巡礼，在每一座神社都拍了照片。但是，他觉得这还不够。

有一次，他偶然走进一家和纸店，看到了漂亮的折纸。就是这个——他脑中闪过一个念头。

悠人开始悄悄地折纸鹤。他决定折一千只，但是做起来并没有想的那么简单。他先用粉红色的折纸折了一百只，去水天宫，把纸鹤放在香资箱上拍了照片，发给吉永的母亲。对方很快回复，言语中满溢欣喜之情。悠人拍的照片，第二天就被上传到了博客。

第二个月，悠人折了一百只红色的纸鹤。这次他不仅去了水天宫，还去了供奉七福神的其他神社，拍了相同的照片。再下一个月，他折了一百只橙色的纸鹤。再下个月，是茶色的纸鹤。之所以改变颜色，是他想表明自己并没有反复使用同一批纸鹤。他决定至少要折一千只。

但是，意想不到的情况出现了。

有一天，他像往常一样，正在自己房间的电脑上写邮件，史子把他叫了出去。史子找他倒没什么大事，但接着他又接了朋友打来的电话。在客厅挂断这个长长的电话回房间时，他正好和从房间里出来的父亲撞了个满怀。

"你干什么？你怎么能随便进我的房间！"他的反应自然是大声抗议。

父亲没理会他，问道："那是怎么回事？"

悠人吓了一跳。电脑屏幕上显示着邮件页面。

"你看我的邮件了？"悠人瞪着父亲，"就算你是我老爸，也不能想干吗就干吗。你这是侵犯我的隐私!"

武明心烦地挥了挥手。"先不说这个。那是怎么回事?快说!你冒充女生,给谁发邮件?"

"你管不着!反正我没干坏事。"他推开父亲,跑进房间。

他检查了一下电脑,发给吉永母亲的邮件都保存得好好的,但不知道父亲到底看了多少。他当时就把所有的邮件都删除了。

一种又懊恼又气愤的情绪在他心中升腾起来,就像非常珍惜的东西被弄脏,对他而言非常神圣的地方被别人穿着鞋践踏了。

他又检查了一下藏在壁橱里的纸箱。里面放着他已经折好的纸鹤,看起来没有人碰过。悠人把它们全部装到塑料袋里,第二天在去上学的路上扔掉了。

在那以后,悠人再也没有给吉永的母亲发过邮件,也没有再登录那个邮箱,所以就算对方给他发邮件他也看不到。当然,他也没再折过纸鹤,没再去日本桥七福神巡礼。而且,他尽量不和父亲碰面。这样大约过了半年,发生了这次的案件。

虽然心中一直忘不了"kirin 之翼",但他再也没有去看那个博客。东京的花子小姐不再和自己联系,吉永的母亲肯定很沮丧吧,他不敢看到她失望的样子。后来发生的一系列事情也让悠人渐渐淡忘了这件事。

所以,当听到父亲死于日本桥上时,他丝毫没有联想到 kirin 之翼。而且,父亲遇刺的地方离神社也很远。

但当他从松宫口中听到日本桥麒麟像时,他好像被当头泼了一盆凉水,彻底傻了。身带羽翼的麒麟像——

在此之前,悠人一直以为 kirin 指的是那种真实的动物长颈鹿。他以前曾在网上检索过"kirin 日本桥像",搜到的是长颈鹿像。实际上,日本桥的某座大楼上装饰有长颈鹿像,是一处很有名的景致。所以,悠人一直想当然地认为吉永小时候肯定非常喜欢长颈鹿。

但是,事实并非如此。吉永的母亲从七福神巡礼回来时,顺便去了日本桥。当她抬头看到麒麟像时,她决定就用这个作为博客的名字。在她心里,仰望天空、展翅翱翔的麒麟像和睁开眼睛、健康奔跑的儿子重合在了一起。肯定是这样。

他又想到父亲遇刺后挣扎着走向日本桥,倒在了麒麟像下。难道一切仅仅是巧合?

时隔很久,悠人又去看了麒麟之翼这个博客。博客依然在不时更新,而且,他发现了让他大吃一惊的内容。

东京的花子仍然定期给这个博客发送照片。最近拍的是放在香资箱上的一百只淡紫色的纸鹤。类似的照片有八张。看来,拍摄者走遍了日本桥七福神。

悠人回顾之前的博文,很快看到了这样的内容:

> 有一段时间没有联系的东京的花子小姐又用邮件发来了照片,前一阵子她的电脑好像出问题了。这次她带着黄色的纸鹤去了七福神巡礼。她好像换新的数码相机了,照片非常清晰。

悠人盯着屏幕,一动不动。
这是怎么回事?有人冒充东京的花子给吉永的母亲发邮件,

而且继续着千纸鹤的故事。

这个人到底是谁？其实根本不用想，只有一个人会这样做。

他想象着父亲折纸鹤的样子，脑海中浮现出父亲提着一百只纸鹤走在水天宫和小网神社之间的画面。每个情景都令他出乎意料，却又都是事实。

青柳武明为什么会这样做？

可能他看了悠人以前的邮件，知道了麒麟之翼这个博客。看到博客里的文章，他肯定心生疑问：儿子为什么给这位博主发邮件？为什么折纸鹤？世界上有那么多不幸的人，他为什么要如此同情这个人呢？

武明应该很快就发现，博客里出现的小kirin是曾经在修文馆中学遭遇事故的游泳社队员，也是自己儿子的学弟。

但是，他肯定很快又有了新的疑问：祈祷遭受飞来横祸的学弟尽早康复，这是好事，为什么儿子要编一个假名？为什么发邮件时要装作是一个完全不相关的人？

要想知道答案，最直接的办法是问悠人。但是，武明并没有这么做。他应该已经察觉到悠人隐瞒了一个重大秘密。

另一方面，武明开始折纸鹤。他决定接替悠人，担负起东京的花子的任务。博客里曾写到折纸鹤用的纸是和纸十色，因此武明也特意去买了这种纸。

虽然并不清楚武明内心的真实想法，但这可能是他作为父亲想要表达的歉意吧。无论是怎么回事，他为自己妨碍了儿子的祈祷行为感到抱歉。所以，在弄清楚事实真相之前，他要代替儿子继续祈祷。

就这样，他终于折到了淡紫色的纸鹤。这是和纸十色中最后一种颜色。也就是说，他帮悠人折完了千纸鹤。

悠人终于明白命悬一线却坚持走向日本桥的父亲的心情。父亲是在告诉他：拿出勇气来，不要逃避现实，要坚持自己的信念！

泪水从悠人眼中涌出。他内心深处的那盏灯被点亮了，他听到了来自父亲内心的话语。同时，他也感到深深的后悔和自责：为什么以前没有多和父亲说说话？为什么没有试图去理解父亲？

他应该为有这样的父亲感到自豪。父亲绝不会做瞒报工伤这种卑鄙的事情！就算全世界的人都不相信，他也会相信这一点。

悠人紧紧攥着手帕，擦着涌出的眼泪。父亲死的时候，他都没有哭，现在为什么会哭成这样？但他一点都不觉得难为情。

"谢谢你说出这些。"加贺的语气非常温和，"你父亲开始在水天宫祈祷时用的是黄色的纸鹤。我们一直不明白他为什么从和纸十色中间的颜色开始折，看了博客终于懂了。原来你父亲是在继续某个人的行为。"

"老爸会这样做，我真的完全没有想到。同时，我也感到非常羞愧。我们这些人，干了些什么？毁了别人的人生，却这样大模大样地活着，我们还算是人吗？"

"所以你要找另外两人商量？"

悠人点了点头。"因为我想现在还不算晚，打算一起说出一切，好好接受我们应受的惩罚。如果不这样做，我们永远都不能成为一个像样的人。"

加贺用力地点了一下头，盯着悠人说："你能认识到这一点，很好。人都会犯错,最重要的是如何面对错误。逃避错误、无视错误,只会再次犯相同的错误。"

"我也这么想。不过,刑警先生,请你告诉我,那起事故和我爸遇害一事到底有什么关系?我怎么也想不明白。"

听到悠人的问题,加贺的目光有些游移,他好像在犹豫什么。悠人非常意外,因为他从没有在这位刑警脸上看到过这样的神色。

这时,响起一阵敲门声。松宫起身走过去,和门外的人说了几句,回来对加贺耳语了几句。看来情况非同寻常。

加贺调整坐姿,端正地坐好。"杉野达也找到了。他在品川站的京滨东北线站台准备跳轨时,被附近巡逻的警察发现。"

加贺说的每一个字都让悠人感到无比意外。"跳轨?那家伙?为什么?哎?这是怎么回事?"

"杉野达也,"加贺顿了顿,调整了一下呼吸,继续说道,"承认刺杀了青柳武明,也就是你父亲。"

33

杉野达也始终无法保持冷静。鉴于他还未成年,警方也考虑过是否先把他送回家,但最终还是决定将他拘留在日本桥警察局。毕竟他企图自杀,不能放任不管。

第二天,石垣对松宫说:"这种时候,就由你们来审讯吧。"因此由松宫和加贺共同审讯杉野达也。和前一天一样,杉野的精神状态仍非常不稳定,让他有条理地供述几乎不可能。但是,在他们坚持不懈的提问下,案件的真相终于浮出水面。

审讯过程中,不时要平复杉野的情绪,有时还得想办法哄他。总之,杉野达也招供了。当然,他本人的供词完全不像如下内容这样有条理。

案发当天,杉野达也接到一个电话。那时学校已经放学了,他正像往常一样准备回家。

杉野说,那是一个他不认识的号码。不是手机号码,而是一个固定电话的号码。他接起电话,对方是他做梦也没想到的人,那人自称是吉永友之的父亲。

"我想和你聊聊三年前那起溺水事故。我们可以见一下吗?"

杉野呆住了。吉永的父亲?他现在找自己有什么事?难道他发现了事故的真相?

"还有别人吗?"杉野问。

"没有,只有你。其他人我早晚也会找的。不过,我想就从你开始吧。我们在哪里见呢?"

对方的语气很温和,但话里透出不容分说的威严。杉野找不到拒绝的借口,只好答应了。对方说了见面的地点,在日本桥站的出口。

"我想带你去一个地方。"吉永的父亲说。

约定的见面时间是晚上七点。杉野先回了家,他的心中充满不安和恐惧。对方到底要和自己说什么,要带自己去哪里?

难道是警察局?他们这些人对吉永友之所做的事情相当于杀人未遂。不,如果吉永友之死了,那他们就相当于杀了人。吉永的父亲肯定要把他们送进监狱吧?

不,事情也许没这么简单。

他们毁了自己唯一的儿子的一生,就算把他们交给警察也解不了心中的怒气,于是想要亲手收拾他们,也就是复仇。

肯定是这样。吉永父亲偶然发现了事故的真相,要向他们三人复仇,而第一个对象就是杉野。

杉野想,如果对方真的打算这么做,那自己无论如何一定要逃跑。虽然做了对不起对方的事情,可是他不想死。

可是,如果打不过对方怎么办?虽然对方是中年人,但也不能轻视。那个年纪的男人中也有身强力壮的,高中生根本对付不了。而且对方既然打算复仇,也许会带凶器。

杉野从抽屉里拿出一样东西。那是很久以前表哥送给他的一把刀。当然,他一次都没有用过。为防万一,他把刀藏到外衣口袋里。

晚上七点,杉野如约来到日本桥站的出口。有人从后面拍了拍他的肩膀。站在他身后的是一个皮肤晒得黝黑的男人,脸很大,肩膀很宽。如果打起来,他估计打不过。

但是,男人脸上没有丝毫敌意。他温和地笑着说:"找个地方喝点什么吧。"

两人去了附近的咖啡厅。男人问他喝什么,他说随便。男人点了两杯咖啡,端到桌上。

两人再次对视。接下来,男人的话让杉野非常意外。

"我得向你道歉。"他说,"其实,我并不是吉永的父亲。我是和你很熟的青柳悠人的父亲。"

杉野很吃惊。不过这么说来,眼前这个人确实和悠人长得很像。他去过青柳家好几次,但并没有见过悠人的父亲。

"我之所以自称吉永的父亲,是想看看你的反应。如果你心中无愧,应该会立刻爽快地回话吧?可是,很遗憾,电话里你听上去惴惴不安。你在害怕什么,是吧?"

杉野无话可说。被欺骗的气愤、对悠人父亲这样做的不解,在他的脑海中交织。

"杉野,"悠人的父亲说,"怎么样?说出真相吧。三年前发生了什么?那起事故的真相到底是什么?和我们家悠人也有关系吧?你是我儿子最好的朋友,我想你肯定知道。"

看来,悠人的父亲虽然怀疑那起事故,却对具体情况一无所知。但是,他至少确信一点:当时的事故和悠人有关,所以他想从儿子的好友那里询问事故的真相。

"不知道。"杉野说,"我什么也不知道。"可是他的声音在颤抖,连他自己都感觉得到自己的表演有多么拙劣。不,他根本就顾不上演戏。

"果然,和你也有关系。"杉野立刻就被看穿了。悠人的父亲接着说:"杉野,其实我已经想好了。必要的时候,我会让我儿子去自首。这样隐瞒下去,对你们的人生百害而无一利。请你说实话,我儿子,还有你,都和事故有关,是吗?"

杉野很想逃走。他很想扔下一句"不是",然后从店里跑出去。但是,他没有动。即使从这里逃走,也根本解决不了问题。面前的这个人执着地要揭穿真相,甚至做好了让儿子去自首的准备。

"怎么样?"对方又一次问道。

终于,杉野达也撑不住了,点了点头。然后,他就再也刹不住了。在悠人父亲的追问下,他原原本本地说出了那天的事情,一边说,一边感到心情轻松了很多。他又一次意识到,一直以来,他背负着一个多么大的谎言在生活。

"你很坦诚。"听完他的话,悠人的父亲说,"我终于明白儿子为什么会做那样的事情。"

那样的事情?什么意思?

悠人的父亲接着说:"我想带你去一个地方。今天已经晚了,可能进不去了,就在外面看看吧。一个赎罪的地方。"

他没有告诉杉野要去哪里。

走出咖啡厅,悠人的父亲说"跟我来",接着便大步向前走。

"你们做的事情是不可原谅的。公开事故的真相,你们也许会受到深深的谴责,说不定还会影响升学,但这些都是小事。你们的人生还很长,还能从头再来。为了让人生重新开始,你们不能再欺骗自己了!"

悠人的父亲边走边说。他语气恳切地告诉杉野,说出真相是为了他们自己,他的话很有说服力。可是,另一方面,也让杉野预想到将要到来的灾难。

将来、升学——

杉野已经被确定保送他想去的大学,这是他高中三年努力的结果。难道连这也要变成一场空吗?

杉野站住了。他无法再往前走。

"怎么了?"悠人的父亲问。

"不,还是不行。"杉野说,"刚才那些话,你就当我没讲过吧,求你了!"

"不行,我要说出真相。因为我相信,这是为了你和我儿子好。走吧,跟我来。"

悠人的父亲再次向前走去,背影透出一种冷静而坚定的力量。

那一刻到底是怎样的心情,杉野自己也说不清楚。总之,他脑中只有一个念头:必须制止这个人!接下来,他感觉自己手里已经握住了刀。

悠人的父亲好像察觉到了什么，停下脚步，回过头来。刀猛地刺进了他的身体。他重重地靠到墙上。

这时，杉野才发现他们在一条地下通道里。

悠人的父亲几乎没有发出任何声音。他后背顶在墙上，浑身瘫软，蹲了下去。刀深深地插进了他的胸膛。杉野想拔出来，但根本拔不动，无奈之下，只得用领带擦了擦刀柄。当时杉野已经慌了手脚，却没忘记指纹的事情。

杉野转过身，沿来时的路往回走。这时，他注意到建筑物的阴影里好像藏着一个男人。可能被看见了，这么想着，杉野达也飞快地跑起来，拼命向前跑去。

回到家，他躲到自己房间里，在瑟瑟发抖中度过了一夜，一直没睡。他害怕极了，估计警察很快就要来了吧？可是，早上当他战战兢兢地上网时，却看到了他做梦也想不到的内容：被怀疑杀害悠人父亲的那个人，遭遇车祸，生命垂危。

杉野完全不明白这是怎么回事，开始查询各种信息。终于，他明白了，自己竟然如此幸运。现在，另一个人被怀疑是凶手，而且正陷于昏迷不醒的状态——

这简直就是奇迹。如果那个男人救不过来，自己就平安无事了。不，就算那个男人活过来了，也不会怀疑到自己吧？

正这么想着，他收到了悠人的邮件。看完标题为"我老爸死了"的邮件，杉野胸中感到一阵强烈的刺痛，但他暗暗下定决心，事到如今，只能继续隐瞒下去。他按捺着内心的不安，绞尽脑汁用好友的口吻给悠人回了一封邮件。

当瞒报工伤一事被曝光，悠人突然被大家冷眼相待的时候，杉野也很苦恼。他该怎么对待悠人呢？没办法，他决定还是和悠人保持距离。可是悠人并没有因此怀疑他。

后来，那个姓八岛的嫌疑人死了，这下万事大吉了。可是，情况却并非如此。不知为何，悠人说要把黑泽也叫来，三个人商量一下。问他为什么，他也不肯说，这让杉野非常害怕。

终于，悠人发来了决定性的邮件，大意为：我们立刻见面，说一下溺水事故的事，这可能和我老爸遇害一事有关，警察也出动了。

杉野眼前一片黑暗。

一切都败露了！自己杀了悠人的父亲一事败露了。既然警察已经出动，那就再也逃不了了。一切都完了！

杉野绝望地走在大街上。现在该怎么办？该怎么办？

听到刑警问他为什么会在品川站，杉野答不上来。他自己也不知道为什么，只隐约记得自己想要跳轨自杀。

死了就好了——当时他只有这个想法。现在，他仍这么想。

34

糸川仍然和之前一样,装出一副目中无人的样子,但是,他的眼睛深处明显闪着狼狈的目光。看出这一点很简单,因为他手掌四周的桌面隐隐有些潮湿——他的手心正在冒汗。

今天和他见面的地点不是学校,而是审讯室。

"关于溺水事故,我已经都说了。你和他们三人确认一下,就能明白。"

确实,糸川的话和悠人他们的供词是一致的。但是,现在还有一个疑问:为什么要隐瞒真相?糸川的回答是"为了他们的将来"。真的是这样吗?

"接力赛的四名队员在训练中发生这样的事故,会被认为是社团活动的一部分,于是学校,不,社团顾问就会被追究责任,所以要隐瞒这一切,是吗?"

听到加贺的指责,糸川眼角一吊:"请你别侮辱我。我没有这么卑鄙的想法。"

"可是，你做的事情很卑鄙！"

"我做什么了……"糸川露出憎恶的神色，却说不出话来。

"抓住队员的脚，让他们只用胳膊游，这样的训练方法是你想出来的吧？你害怕这件事被大家知道，不是吗？"

砰！糸川双手砸向桌面。

"下一个问题。"松宫说，"案发前三天，青柳武明给你打过电话。你一直声称，青柳苦于和儿子关系紧张，所以想和你谈谈。你现在还坚持这样的说法吗？这将作为今后的证据，请慎重回答。"

糸川大口大口地喘着气，胸膛剧烈地起伏。终于，他低声说："不……我重新说。"

"当时你们说什么了？说清楚。"

糸川用手背擦了擦嘴。"他说他想详细了解一下三年前的事故。他好像怀疑那起事故和他儿子有关。"

"对此你怎么回答？"

"我说，就是当时新闻报道的那样。"

"青柳接受你的说法吗？"

糸川无力地摇了摇头。"他一口咬定事情不会那么简单，让我告诉他真相，说这样是为了他儿子。"

"那你又是怎么说的？"

"我和他说：'你这么说的话，我很难办。'然后就挂断了电话。实际上，我当时也没有时间和他在电话里长聊。"糸川又小声加了一句"就这些"。

"案件发生后，你为什么不如实回答？"加贺插了一句，"如果当时知道这些事情,我们破案的思路就会朝另一个方向进行。"

"就算你这么说……本来嘛,这事看上去和案件没什么关系,再说我也是为了孩子们好。"

"为了孩子们好?说谎这种事情,怎么会是为了孩子们好?"

"我怕现在重提旧事,会再次伤害孩子们。难得他们三人能振作起来,可是——"

加贺猛地站起来,伸出长长的胳膊,一把抓住糸川的领口。

"够了!说什么不想伤害孩子,你根本不明白自己做错了什么!杉野刺杀了青柳之后,为什么不自首?你知道吗?就是因为你把他们教错了!即使犯了错误,也能蒙混过关——这就是三年前你教给他们的。所以,杉野又做了相同的事情,犯下相同的错误。而青柳看到自己的儿子如此误入歧途,想告诉儿子正确的道理。你如果连这一点都不明白,就别当老师了!你这样的人,根本没有资格教育别人!"

加贺松开手,像是扔掉一件无比肮脏的东西。糸川的脸色一片惨白。

35

松宫和加贺急忙赶到的时候,房间里的行李基本都搬出来了。中原香织胳膊下夹着一个大包,正站在公寓外面。看到松宫他们,她挥了挥手。

"本想来帮忙的,看来都已经弄完了。"松宫说。

香织耸了耸肩。"把不要的东西都处理了,没想到行李会变得这么少。简直想象不出我就是靠这些生活的。"

"他的东西呢?"

听到松宫的问题,香织有些落寞地低下了头,旋即抬起头说:"还是有很多东西不能扔,真难办啊。不过,还是处理了好多。有破洞的袜子什么的。"她努力露出笑容,眼睛却湿润了。

"这个还给你。请在签收证上签一下字。"加贺递过手里的纸袋。

里面是八岛冬树的手机、钱包、驾照。香织爱惜地双手捧住八岛的手机,轻轻在肚子上碰了碰。"这是父亲的遗物哦。"

加贺把签收证和笔递给她。她认认真真地签上名字。

"他真傻。"香织把签收证还给加贺,"为什么要那样做呢?钱的话,我会努力想办法的。"

"他觉得自己必须做些什么吧。"加贺说,"他觉得作为父亲,自己必须养家糊口。"

香织抿着嘴唇,努力压抑情绪。"真是个傻瓜。"她小声说。

八岛冬树到底干了什么?谁都无法知道真相。但根据杉野达也的供词,警方推测大致情况是这样的:

从书店出来后,八岛冬树往日本桥站方向走,途中看见了青柳武明。那时青柳是在咖啡厅里,还是在从咖啡厅出来的路上,不得而知。总之,八岛尾随着青柳,原因或许是他想让青柳再次雇用他。他没有立刻叫住青柳,估计是因为看到有人和青柳在一起。

杉野达也在江户桥的地下通道内刺杀青柳时,八岛在地下通道外面。他看到杉野出来,慌忙藏到建筑物的阴影里。杉野跑开之后,他走到地下通道里,发现了倒在地上的青柳。在中原香织口中天生是个老好人的八岛,偏偏在这一刻鬼迷心窍,抢了青柳的钱包和公文包,从案发现场逃跑了。

这之后的事情都很清楚了。八岛藏身于滨町绿道公园,给香织打过电话后,在躲避警察时遭遇了车祸。真是个傻瓜——确实,香织说得没错。但也确实如加贺所说,八岛可能感到了即将当父亲的压力。

香织决定回故乡福岛。她在福利院认识的一位熟人经营着一家饮食店,她准备去那儿帮忙。对于她已经怀孕一事,对方也非常理解。

加贺他们打车把香织送到东京站。如果乘坐东北新干线,上野站是最近的车站,但她最后还想再去看一个地方。

"今天你们怎么这么素雅啊?"在车里,香织问他们。她指的好像是衣服。

"一会儿要去参加法事。"松宫说,"亲戚的。"

"这样啊。"她奇怪地来回看着松宫和加贺。加贺没有说话,沉默地坐在副驾驶座上。

出租车驶入中央路,右侧是三越商场。终于,他们来到了香织想再看一眼的地方。不解世间人情的高速公路下,日本桥今天依然气势威严地屹立在那里,麒麟像傲视着明天。

"刑警先生,我不后悔来到东京。"香织开口说,"因为,我和冬树在这里留下了很多美好的回忆。这些回忆绝不会损坏,也绝不会消失。"

松宫默默点了点头。此刻什么都不用说,他心想。

他们把香织送到东京站的中央检票口。从松宫手里接过包,香织对二人鞠了一躬。"今天谢谢你们。还有,你们为冬树洗清了冤屈,我一辈子都不会忘的。"

"这件事情,忘了也没关系。"加贺说,"一定不要忘记的是,为了这个孩子,无论发生什么都不能倒下的决心。"

"好。"香织认真地说。

"加油!"松宫说。

"好。"她又说了一遍,露出了笑容。

香织走过检票口,边挥手边向里面走去。她的身影消失后,松宫看了看手表。

"糟了,只有三十分钟了。"

"不会吧?要是迟到,金森小姐又得唠叨了。快!"说着,加贺跑了起来。

279

36

在车站下车的瞬间,冷空气冻得人耳朵生疼。悠人忍不住要缩起身体,但他深深地吸了口气,挺直了腰,因为他觉得,这样的严寒就像自己和同伴现在的处境,现在的他们根本没有资格拒绝苦难。

他身旁的黑泽抬头望着天空,天空灰蒙蒙一片。看云层的样子,很快就要下雨了吧。不,天气这么寒冷,应该是要下雪。

"走吧。"悠人对黑泽说。

"嗯。"黑泽点了点头。他提着一个纸袋,里面装着一千只纸鹤。那是他们两人折的。

"我们去见吉永吧。"提议的是悠人,"向他的父母老老实实地说出真相,然后认错。向吉永的父母认错,向吉永认错。也许他们并不会原谅我们,但我们还是要认错。现在能做的只有这些。其他的,我们什么都做不了。"

黑泽也同意他的想法。"我们折千纸鹤吧。"黑泽说。

悠人在自己的房间默默地开始折纸鹤。他又买了六套新的和纸十色。实际上，破案后不久，就在青柳武明的车中发现已经用了一部分的和纸十色。那些和纸都已拆封，黄色后面的颜色都不见了。悠人这才明白父亲是在哪里折的纸鹤。肯定是在打高尔夫球回来的路上，在哪里停下车折的。

手里折着纸鹤，各种思绪萦绕在悠人的心头，每次最终留下的都只有后悔。为什么没有早点说出实话？为什么没有向吉永认错？还有，为什么没有和父亲好好谈谈？

如果其中有一件事他做到了，就不会出现今天这样残酷的结果。父亲不会死，杉野不会成为杀人凶手，还有那个姓八岛的人，虽然并没见过他，可他也是因为他们这些人才成为受害者。

昨天折完千纸鹤之后，悠人立刻往吉永家打了电话，说想说出当年事故的真相，问是否可以过去拜访。

接电话的是吉永友之的母亲。在父亲遇害一案的侦破过程中，刑警去吉永家做过调查，所以他想吉永的母亲应该多少了解一些实情。可是，在电话里，对方没有向他问任何问题，只说："我等着你们。"也许对她而言，一切都结束了，她已经接受了这一切。

"听说糸川老师辞职了。"在开往吉永家的出租车上，黑泽对悠人说。

"哦。"悠人应了一声。他没有任何感想。

"小青，对不起。如果那时我不提议溜回学校，就不会到今天这一步。都是我不好。"黑泽带着哭腔说。

"你说什么啊？"悠人用手背打了一下黑泽的胸口，"如果你这么说，当时我没有制止我们的行动，也有责任。我们的罪过是一样的，所以我们应该一起去谢罪。"

"嗯。"黑泽点了点头。

终于，出租车停下了，两人下了车。面前是一座宽敞的宅邸，木制名牌上刻着"吉永"二字。

悠人向里面看去。庭院里白雪皑皑，尽头是玄关。吉永友之现在正在家里沉睡。

不仅要认罪，还要为他祈祷，悠人心想，祈祷有一天他能醒过来。他们来这里，就是为了祈祷。见到他以后，要先告诉他：那时我们错了，所以，请你醒过来吧，醒过来把我们狠狠揍一顿！大家都等着你！

悠人呼出一口白气，慢慢地迈出脚步。

图书在版编目（CIP）数据

麒麟之翼 /（日）东野圭吾著；田秀娟译. -- 3 版
. -- 海口：南海出版公司，2021.8
（东野圭吾作品）
ISBN 978-7-5442-8631-2

Ⅰ. ①麒… Ⅱ. ①东… ②田… Ⅲ. ①长篇小说－日本－现代 Ⅳ. ① I313.45

中国版本图书馆 CIP 数据核字（2021）第 079362 号

著作权合同登记号　图字：30-2019-107

《KIRIN NO TSUBASA》
© Keigo Higashino 2011
All rights reserved.
Original Japanese edition published by KODANSHA LTD., Tokyo.
Publication rights for Simplified Chinese character edition arranged with KODANSHA LTD. through KODANSHA BEIJING CULTURE LTD. Beijing, China.

本书由日本讲谈社正式授权，版权所有，未经书面同意，不得以任何方式作全面或局部翻印、仿制或转载。

麒麟之翼

〔日〕东野圭吾　著
田秀娟　译

出　　版	南海出版公司　（0898）66568511
	海口市海秀中路51号星华大厦五楼　邮编 570206
发　　行	新经典发行有限公司
	电话（010）68423599　邮箱 editor@readinglife.com
经　　销	新华书店
责任编辑	张　锐
特邀编辑	黎晓言　杨雯潇　倪莎莎
营销编辑	张媛媛
装帧设计	李照祥
内文制作	王春雪
印　　刷	河北鹏润印刷有限公司
开　　本	850毫米×1168毫米　1/32
印　　张	9
字　　数	194千
版　　次	2013年8月第1版　2021年8月第3版
印　　次	2021年8月第1次印刷
书　　号	ISBN 978-7-5442-8631-2
定　　价	49.00元

版权所有，侵权必究
如有印装质量问题，请发邮件至 zhiliang@readinglife.com